新潮文庫

夜のかくれんぼ

星 新一 著

新潮社版

3484

から、いくら期待したって、むだというものだ。危険思想じゃなくて、時代おくれの感覚というべきかな。わかりきったことじゃないか」

「それぐらい知っているよ。ただ言ってみたまでのことさ」

「こんな時代がくるとはなあ。むかしの人は、夢にも思わなかったことだろうな」

「むかしのことを話しはじめたら、きりがないし、無意味なことだ。やめておこう。では、元気でな」

「言われなくても、病気になりようがないじゃないか。医療の進歩で、たいていの病気はなおってしまう。いやおうなしに、元気で長生きしてしまうよ」

「ただ言ってみたまでのことさ。じゃあ……」

男は電話を切り、画面の友人の姿が消える。ロボットが話しかけてきた。

「退屈なさっておいでのようですね。ピアノでもひきましょうか。それとも本でも読みましょうか」

「いや、いい」

「勝負事のお相手をしましょうか。電気自動車での郊外見物は、いかがでしょう……」

精巧な万能ロボットなのだった。勝負事も適当に負けてくれる。自動車の運転をやらせても、事故は絶対に起さない。人間に決して危害を与えない、忠実なロボットなのだ。夜も眠ることなく、防犯の役もはたしてくれる。もっとも、犯罪者などいない世の中だが。

部屋の入口でベルの音がした。ロボットが応対に出る。男はねそべったまま。やってきたのは配達ロボットだった。

「一週間分の食料をおとどけにきました」

「ごくろうさま……」

代金など、支払わなくていいのだ。ロボットは食料を受け取り、その一部分で料理を作りはじめ、あとは冷蔵庫に入れてカギをかける。それを見て、男は声をもらす。

「ああ……」

こんな時代になってしまったとはなあ。世界中、だれも平等、だれも快適な部屋に住み、だれも万能ロボットを持っている。肉体的な労働など、しなくていい。

そこまでは申しぶんない。しかし、食料だけがたりないのだ。コンピューターによって正確きわまる公平な配分がなされている。それは生きているだけがやっとという、わずかな量なのだ。ロボットが話しかける。

「空腹感については、わたしにはわかりません。同情のしようがありません」

ちきしょう、どこかへ食料を盗みにゆくか。男はそう思う。だが、思うだけなのだ。

そんな余分な体力はない。第一、五十メートルを歩けるかどうかも自信がない。ねそべっているのが一番だ。

だから、犯罪者など出るわけがない。まして、戦争などという大それたこととなると、できるやつなど、世界にだれひとり……。

黒い服の男

身なりのいい紳士が、神経科の病院にあらわれた。顔は青ざめ、おびえた表情をしている。彼は院長にむかって、ふるえ声で言った。

「先生、なんとか助けて下さい。不安と恐怖。このままだと、いてもたってもいられません。費用は、いくらでもお払いいたします」

「わかっています。まあ、落ち着いて事情をお話し下さい。なにごとです」

「じつは、黒い服を着た怪しい男たちに、昼となく夜となく尾行され、ひそかに監視されつづけているのです。友人に打ちあけても、気のせいだと軽くあしらわれた。警察に訴えたら、黒衣団などといった、子供だましの話にはつきあえない。まず、あの病院に行ってみてもらえと……」

声はしだいに高く、真剣味をおびてくる。院長は笑いを押えたような口調で言った。

「なるほど、よくある妄想です。世の中には、他人の秘密をのぞき、それをたねに足をひっぱり、失脚させようとたくらむやつが多い。そのへんが原因です。しばらく治療すれば、全快なさいます」

「しかし、先生。妄想なんかじゃありません。げんに黒い服の連中が、みえかくれにわたしのあとを……」

「本当のように思えるからこそ、妄想なのですよ。もし治療後も同じ気分でしたら、それこそ本物。わたしが警察へごいっしょして、事実だと口ぞえしてあげましょう」

院長の自信ありげな説明で、紳士はいくらかほっとした。そして、二週間ほどの入院のあと、院長が聞く。

「いかがです。まだ黒衣団につきまとわれているような気がしますか」

「いや、すっかり消えました。やっと、安心できました。すべて先生のおかげ……」

紳士は費用を払い、うれしそうに帰ってゆく。それといれちがいに、裏口から黒い服の男が入ってくる。院長はいくらかの金を渡しながら言う。

「ごくろうさま。この作戦をはじめてからは、お客がふえ、大繁盛(だいはんじょう)だ。あらかじめ調べて、社長とか政治家とか流行歌手とか、景気のいい連中だけをねらうから、成功率も利益率も高い。各警察には、この症状についての論文を参考資料にと送ってある。すべて順調。おかげでわが病院も、このところずっと黒字つづき……」

ある帰郷

その男は山奥の村に生れた。

十五歳の時に、父親は四十歳で病死した。母親はそれより前、がけから落ちるという事故で死んでいた。

そして、彼はひとりっ子だった。つまり、まったくの孤児となった。山奥の村の孤児というと、あわれで貧しいという印象を与えがちだ。だが、この男の場合、そうではなかった。

すぐ生活に困るということはなかった。それどころか、彼の家は大変な財産家だった。広い山林を持っていた。材木を切って売り、そのあとに苗を植えていれば、それだけでゆうゆう生活が成立する。

また、広い屋敷の蔵のなかには、先祖代々の金目のものがたくさんあった。美術品だの、名刀だの、小判だの、かぞえ調べるだけで何日もかかるというほど。

男は、十五歳でそれらを管理しはじめたわけではない。まだ少年だ。すべては後見人である、村長がやってくれていた。人格者で信用できる人。それにまかせておけばいいのだった。金があるので、食事だの掃除だのは、近所の人が来てやってくれる。気楽なものだった。

しかし、彼はなにか異様なようすに気づきはじめる。なにかおかしい。どことはっきりは指摘できないが。

たとえば、そう、周囲の人びとの彼を見る目だ。特別あつかいの視線。こういう恵まれた生活をしているのだから、うらやましがられるのは、いたしかたない。しかし、どうもそんな感じとはちがうのだった。

どういうことなのだろう。村の人たちは、自分について、なにやらうわさ話をしているらしい。不意にあらわれると、人びとはどぎまぎしながら、ちぐはぐな会話に移る。

人びとの男を見る視線には、同情のようなものがある。両親など家族のない点についてかと想像するが、どうやらそればかりでもないようだ。理解しがたい現象。なにかわけがあるはずだ。彼はそれを知りたくてならなかった。

真相というものは、いつまでも秘密にしておくことはできない。しかも、彼はなんとかしてそれを知ろうと努力しているのだ。

そして、ある日。ついにそれを知った。物かげから他人の話を盗み聞きしたのだ。衝撃的な内容だった。みなが彼に話したがらなかったのも、無理はない。こんなことなら、知らないままのほうがよかった。しかし、もう手おくれ。

自分の寿命は、きっちり四十歳。それは宿命的なものであり、手のほどこしようがないということ。

彼は村長を訪れ、ただした。

「本当なんですか、ぼくの命が四十歳までというのは」

「できれば秘密にしておいてやりたかったが、こうなっては仕方ない。事実なのだ。あなたの家の当主は、代々、ぴったり四十歳で死んでいる。系図を調べても、例外はないのだ」

「父の死んだのも四十歳でしたね。父はどんな心境で生きていたのでしょう」

「のがれられぬ運命とあきらめ、悟ったような気持ちだったのではないかな。やすらかな死にぎわだったから」

「しかし、いったい、なぜこんなことに。なにかのたたり、のろいのためですか」

「そういううわさも、ないではない。しかし、わたしの調べたところでは、こうなのだ。戦国時代のころらしい。あなたの家の先祖が、山の神霊に祈願した。わたしはじ

め子孫代々、四十歳まで生かせたまえとね。そして、その願いがかなえられた」

「なんで四十歳なんてことを……」

「戦国時代なんだよ。戦乱にいやおうなしに巻きこまれ、野盗におそわれ、若くして死ぬのが多かった。そのあとの江戸時代だって、大差ない。飢饉も何度かあった。だいたい、まともな医学がなかった。生れた子の半分は、一年以内に死んでいる。傷が化膿すれば、盲腸炎になれば、流行病があれば、それで一巻の終り」

「はかないものというわけですね」

「だから、四十歳までという保証は、大変めぐまれたことだった。げんに、あなたの先祖たちは、それより若い年齢で死んでいない。だから、財産もふえた。まったく神霊の加護はすばらしいと、だれもがうらやましがったものだそうだ」

「だけど、現代においては……」

「もう、お気の毒としか言いようがない。もっとも、あなたも四十歳までは、決して病死せず、たぶん事故にあうことも……」

　村長がなぐさめたが、彼は首をふる。

「そうおっしゃられても、いい気分にはなれませんよ。ああ、なんということ。科学の力でなんとかなるはずだ」

「なくなられた父上も、そんなことを言い、大病院にかよっておられた。しかし、だめだった。科学的にいえば、遺伝因子に、そういう寿命の要素が入っているのかもしれない。長く咲いている花の種類もあるし、数日で散ってしまう花もある」

「どうやら、手のつけようがないようですね」

「好きなことをやって、満足できる人生を送ることだね。財産もあることだし。都会に出るかね。手紙をくれれば、いくらでも送金するよ」

「そうします」

彼は都会に出て、好きなように暮した。

それでも、二十代のころは楽しかった。四十歳といえば、まだまだ先のことだ。世の中には自分より気の毒な人、若くして死ぬ人だって、たくさんいる。

それに、彼の場合、不摂生な生活をしても、それで死ぬことはないのだった。遊び暮す毎日だった。金はあるのだ。つとめることはない。第一、いい地位についてみたって、しようがないのだ。

しかし、三十代に入ると、しだいに不安が高まってくる。あと十年ないのだ。酒を飲む量がふえ、女遊びがはげしくなり、生活は乱れる一方だった。そして、そんなことをやってみても、いっこうに楽しくない。

修行をし、悟りを得ようかと考えたこともあった。しかし、それは彼にむかないことだった。だらしない生活に戻る。三十五歳。あと五年だ。もう、やけだ。やりたいことをやるぞ。

彼は帰郷し、財産を管理してもらっている村長に言った。

「全財産を売り払って下さい。結婚して子供を作っても、本人を苦しませるばかりだ。好きなことをして、わが家系を終りにしたい」

「おとめはしません」

村長はそれに従い、奔走し、山林などすべてを多額の現金にかえてくれた。男はいくらかの謝礼を村長に渡し、ふたたび故郷を出る。

外国旅行、ギャンブル、ついには麻薬まで使いはじめた。不安をまぎらさなければならない。もっとも、さして役に立たなかったが。男は、あらん限りの遊びをやった。たくさんの金も、たちまちなくなる。

三十八歳。男は金を借りてまわった。知りあった人のすべてから借りた。どうせ、返すことはないのだ。あと二年の運命。借りられなくなると、詐欺(さぎ)をやって金を集め、それをまた湯水のごとく遊びに使うのだった。

債権者や被害者から追いかけられる。それから逃げまわり、彼はある犯罪組織に入った。そして、申し出る。

「お望みなら、殺しもやってあげますよ」

「つごうのいいやつがきたな」

男は犯罪組織のなかで、いちおうの地位をえた。殺しとなると、大変なこと。それをやってくれるというのだから……。

事実、彼はそれを引き受け、対立する犯罪組織のやつを三人ほど殺した。ライフルでねらって、引金をひけばよかった。

しかし、時の流れは非情。しだいに四十歳の誕生日が迫ってくる。男は警察に手配され、対立する犯罪組織につけねらわれた。所属する組織は、彼がいてはやっかいだと、わずかな金を与えて見はなした。

酒、麻薬は飲みつづけ。もはや完全な中毒だった。しかし、頭の一部は、まだいくらか正気。彼はその残ったかすかな意識で、故郷へ帰った。同じことなら、生れた地で死にたい。そして、あの世に行ったら、先祖たちにさんざん文句を言ってやるのだ。

職をやめていたが、かつての村長はまだ健在だった。彼を迎えて言う。

「だいぶ荒れた生活をなさったようで」

「当り前だろう。ひどい人生だった。もう、あとわずかの日数しかない」

「そうそう、品物を整理していたら、あなたの母上の書きおきが出てきましたよ。いつお書きになったものか。あなたに送ろうにも、住所が不明で……」

「そんなこと、もう、どうでもいいが……」

男はそれを受け取り、封を切って、なかを読む。

〈この家の代々の宿命を知り、あたしは心の冷える思いがしました。そこで、悪いとは知りながら、あなたの父の目を盗み、浮気をしました。長命な家系の人と。そして生れたのが、あなたです。浮気はよくないことでしょう。しかし、やがて生れてくる子の人生を思うと、そうせずにはいられなかった。あたしの実家も、長命なのが多い。だから、あなたは、なにも心配することなどないのです。このことを、あなたは喜び、きっと感謝してくれるでしょう……〉

有　名

「ああ、有名になりたいなあ」

と地方から都会に出てきて働いている少年がつぶやく。それに対して、五十歳ぐらいの学者が言った。

「なぜ、有名になりたいんだい」

ここは公園のベンチ。散歩が習慣で、二人はいつしか顔みしりになっていた。

「なぜって、きっと楽しいにちがいないからさ。みんながぼくに注目してくれる。すばらしいだろうなあ」

「どんなふうに有名になりたいんだね」

「なんでもいいよ。ただ有名になりさえすればいい」

「で、そのために、どれだけの努力をする気がある。石にかじりついてもか」

「なるべくなら、あまり苦労しないで有名になりたい」

「なるほど、正直でいい。いかにも現代の若者らしくていい。そういうものだろうな」

　学者はしきりにうなずく。少年は聞く。

「なんだか思わせぶりなお話がつづいていますが、なにか意味があるのですか」

「ないわけではない」

「すると、有名になる方法だか術だかを、ご存知なのですか」

「まあ、そういうことだ」

「わあ、すごい。ぜひ、それを教えて下さい。お願いします。たのみます。どんなことでもしますから」

「だいぶ乗り気のようだな」

「当り前ですよ。こんなチャンスはめったにない。夢のようだ。そんな方法があったとは。いったい、どういうことなんです」

「簡単なことだ。薬を飲めばいい」

「どんな薬なんです」

「わたしが開発したものだ。小型飛行機に乗せてもらっている時に、思いついた。いま操縦士が急死したら、どうなるだろうと考えた。大型の旅客機なら副操縦士が同乗しているが、小型機だったらどうしようもない。その不安を解消しようと……」

「精神安定剤ですか」

「ちがうよ。早くいえば、催眠術の薬ということになる。それを飲むと、あなたは操縦のベテランだとの術がかかるのだ。わたしは自分で飲んでためしてみた。もっとも、本職の人に同乗してもらってだがね。そして、他人の助けなしに、みごとに着陸に成功した。ただし、催眠状態だから、さめたあと、なにをしたかの記憶はまったく残っていない」

「その薬を飲むと、ぼくも操縦士になれる……」

「いや、操縦はあくまで非常用だ。この原理をもとに、改良を加えた。その当人の性格にあった長所をひきだし、作用が六日間つづくというものを完成したのだ。これを飲めば有名になれるだろう。実験の志願者を求めているわけだ」

学者はびんに入った薬をポケットから出した。少年はその一粒をごくりと飲んだ。

「志願しますよ。しめた。これでぼくも有名になれるんだ……」

六日間がすぎ、日曜日の朝、少年はわれにかえった。

「薬を飲んだところまではおぼえているが、そのあとのことは、なにも記憶にない。変な気分だ。そとを散歩してみるか」

少年は外出する。たしかに以前とは、周囲の反応がちがっていた。道ですれちがう人たちが、少年を見つめる。

「ほら、あの人よ」とか「すごいのねえ」

など、ささやきあう声も聞かれる。どうやら、有名になっていることにまちがいない。帰ってみると、おくり物がたくさんとどいているのに気づいた。しかし、その人たちの名前に心当りはない。

「ぼくは歌手になりたかったんだが、その願いが実現したのだろうか」

テレビをつけてみる。しかし、自分の姿はそこになかった。ラジオからも自分のらしい声は流れ出てこない。なにがなにやらわからないまま、日曜日が終る。

そして、月曜の朝になると、あの薬を飲みたくなってしまうのだった。習慣性があるらしい。有名という状態は、持続を必要とする。だから、当然かもしれなかった。

そして、つぎの日曜日の朝になると、ふたたびわれにかえる。ポケットのなかには、かなりの札束が入っていた。有名になり、収入もふえている。それはまちがいないようだった。しかし、なんで有名になっているのかわからないというのは、気になることだった。

少年は学者の家に電話してみたが、相手は留守だった。外国の研究所にまねかれ、それに応じ、当分は帰国しないとのこと。

新聞にのっている、週刊誌の広告を見る。有名人に関する、いろいろな見出しが並んでいる。しかし、自分の名はなかった。もしかしたら、ある芸名をつけて、それで有名になっているのかもしれない。だが、どんな芸名をつけているのか、自分でもわからないのだ。


つぎの日曜日、少年はますます気になった。外出する。自分を指さして話しあっている女の子たちに近づき、思いきって聞いた。

「あの、ぼくはなんで有名なんですか」

「まあ、なんて面白いことをおっしゃるの。そんなユーモラスな面があるなんて、ちっとも知らなかったわ」

と笑うばかりで、答えはえられなかった。有名になっているのだが、これではものたりない。それどころか、不安になってきた。いいことで有名になっているとは限らない。暴力団のたぐいの、危険人物として有名になっている場合だって考えられる。

不安のまま、また一日をすごす。そして、翌朝、月曜日の朝になると、あの薬を飲んでしまう。


日曜の朝、少年のところへ、政界か財界の大物らしい外見の人が車でやってきた。

「休日とは存じてますが、ぜひ、お願いしたいことが……」

「それは困ります。あしたにして下さい。静養しないと、からだがもちません」

そう適当に答え、帰ってもらった。自分は有名人なのだ。つまらぬぼろを出したら、すべてぶちこわしになりかねない。あすになれば、薬のおかげでうまくゆくのだ。しかし、それにしても、自分は一週間、なにをやっているのだろう。

少年はある探偵事務所に電話をかけ、自分の名を告げてから言った。

「おたのみしたいことがあります。秘密厳守でやってくれますか」

「あ、あの有名なかたですね。なにも、わたくしどもにご依頼なさることなど……」

「じつは、ぼくの一週間の行動を調査してもらいたいのです」

「ご冗談はいけません。そんなのは、はじめてです。ははあ、それで当方の信用度を調べようというわけですな。困ります。そんなふざけたのは、お引き受けできません」

ことわられてしまった。少年は昔からの友人を訪れ、同じような質問をした。
「いったい、ぼくはなんで有名になっているんだね」
「変なことを言うなよ。ぼくだからいいけど、よそでそんなことを口にしたら、めちゃくちゃになるよ。自分の立場を大事にすべきだね。もっとも、いろいろと精神的に疲れることが多いだろうな。その点は同情するよ」

やはり、なにがなにやらわからなかった。自分の正体が不明のまま、月曜日がめぐってくる。犯罪すれすれのことをやっているのだろうか。あるいは、なにかの人体実験にされているのだろうか。ばかげたことをやりつづけ、それで有名になっているのだろうか。

まるで見当がつかなかった。われにかえるのは、日曜日だけ。不安はますます高まる。自分がだれだかわからないのだ。それとなく手がかりを得ようと努力はしてみるが、だれも笑って答えてくれない。

そして、そのいたたまれない不安は、少年を自殺に追いこんだ。

つぎの日の新聞は、それを大きく報道した。
〈あの有名なる霊感少年。なんでも察知し、すべてを予言するテレパシー・ボーイ。

テレビの平日番組のレギュラーとして急に有名になった少年が、なぜかなぞの自殺を……〉

若葉の季節

太陽が西に傾きかけたころ、山脈と山脈とにはさまれた小さな駅に、列車がとまった。数人の乗客が下車した。ただひとりを除いて、この町の住人ばかりだった。その例外のひとりとは、若い女だった。薄い布地のコートを着ている。片手にハンドバッグ、片手にカバン。だから、改札口で切符を出す時、カバンを下に置かなければならなかった。

「どこか、とまるところ、ある……」

そう聞かれ、駅員は答えた。

「すぐそこにホテルがありますよ」

「ありがとう」

それは歩いて五分ほどのところにあった。二階建て、全部で十部屋ぐらいの、新しいが小さなホテルだった。女はなかに入り、フロントに行き、そこにあったベルをたたいた。その響きに応じて、青年が出てきた。

「いらっしゃいませ」

「予約してないんだけど、いいかしら」

「けっこうでございます。いまはひまな時期でございます。お部屋はあいております」

「いつごろがこむの……」

「夏には避暑客。秋には紅葉を見物なさるかた。冬にはスキー。かなりのお客さまがおみえになります」

「あら、そうなの。でも、いまの季節もすばらしいじゃないの。だから、あたし、ふっと、ここでおりる気になったのよ」

「どこがお気に召したのですか」

「みどりよ。野原から山にかけて、うすみどりの若葉ばかり。きれいだわ。それにひきつけられたのよ。深い魅力にみちているわ。異様ともいえるような。なぜかしら……」

「ここが古い町だからかもしれません。城あともあり、古戦場もある。時の流れのかなたに消え去った人びと、その声が若葉の色となって、ささやきかけるのでしょう」

「うまい形容をなさるのね」

「では、宿泊カードにお名前を……」

青年はビジネスの口調に戻り、それをさし出した。年齢、十八歳。書きはじめた女に、青年は聞いた。

「都会からおいでになったのですか」

「正確にいえばね、都会からうちへ帰る途中なの。ここからもっと北のほうにある町の。だけど、ここの景色が気に入って……」

「おうちには連絡しておかなくていいのですか」

「かまわないわ。あたし、両親に信用されてるの。あ、宿泊代を持っているかどうか、それがご心配なの……」

「いえいえ、決して、そんなことはございません。ご信用いたします。お部屋にご案内いたしましょう。おくつろぎ下さい」

「もう夕方ちかくなのね。見物は、あしたゆっくりということにするわ」

「名所案内の地図をどうぞ。それから、夕食はのちほど、お部屋に運ばせます。たいしたものはできませんが」

「あたし、食べ物に好ききらいはないわ」

女は楽しげに笑って部屋に入った。青年がフロントに戻ると、そこに老人が待っていた。

「おや、長老。いつのまにここへ……」

青年はこうあいさつをし、そばの椅子(いす)をすすめ、自分も並んで腰をかけた。老人は声をひそめて言う。

「適当な女が来たようじゃな」

「どこでお聞きに。これからご報告にうかがおうと思っていたところです」

「駅の待合室においったのだよ。ここ数日、わしはそこで待ちつづけだった。ここの住人でない女がおりないかと。毎年この季節になると、このことで気が気じゃなくなるよ」

「長老ともなると、そうでしょうね」

「去年なんかは、ひどかったものな。日は迫るが、どうにもならない。ついに、三人の男が山むこうの町へ出かけ、女をさらってこなければならなかった」

「あれは大変でしたね。おとなしくさせるため、女を酔いつぶさせた。それを、町の住人以外の者に見られないよう、運んでこなければならなかった……」

「で、いまの女、予約の客なのかね」

「いいえ。ふと気が変って、この駅で途中下車してしまったと言ってました」

「それはありがたい。なんという幸運。あの女を見かけてから、そうあって欲しいと祈りつづけだったよ。この町で消えたとしても、手がかりはなにも残らぬということになる」

「ええ。なお念のために、注意はしておきます。町のそとへの電話はかけられないように、郵便も出させないように……」

「そうだ、どの程度に準備がととのっているか、いっしょに見に行かぬか」

「はい。まいります。で、儀式はいつでしたっけ」

「あさっての夜だ」

老人は立ちあがり、杖をついて歩きだした。かなりの年齢にもかかわらず、たしかな足どりだった。青年は並んで歩く。町並みはすぐ終りになり、横に入ると細い山道になる。その林のなかをしばらく進むと、ひらけた一画に出た。そこだけは木がなく、草原になっていた。中央にワラぶきの小屋が作られていた。青年は言う。

「あさっての夜、これに火がかけられるわけですね」

「そうだ。みごとなものじゃよ」

「いつも思うのですが、報道関係者が知ったら、さぞ写真にとりたがるだろうと……」

「そうだろう。しかし、よそ者はだれも、この儀式のことを知らない。これからも知られることはない」

「当然です。この小屋は、なかに入れられたよそ者の若い女とともに燃えるのですから。わたしたちは、みな共犯者だ」

「共犯者とはなんだ。そんな言葉は使うな。これは必要な、おごそかな儀式なのだ」

「申しわけありません。しかし、それにしても、なぜ、こんなことをするのか……」

疑問を口にする青年に、長老は注意した。

「ちかごろの若い者は、それだから困る。儀式とか行事とかいうものはな、おこなわなければならないのだ。古くから受けつぎ、のちの世に伝えることに意義がある。理屈を持ち出すなど、とんでもないことだ」

「わかっていますよ。わたしだって子供の時から知っていることです。反対するつもりなど、少しもありません。しかし、わたしぐらいの年代は、なぜ、と考えてしまうのです。この若葉の色のせいかもしれないと。なにか、ひとをいらいらさせる色。この儀式がなかったら、発狂する者、凶悪な事件を起す者、そんなのがこの町に出るかもしれない。それを防ぐために、犠牲は必要なのかもしれないと」

「わしは理屈など、どうでもいいと思う。現実だけだ。この町はずっと平穏だ。大むかし、ここではげしい合戦があった。そのあと、亡霊が出るようになった。この季節になると、よからぬことが必ず起った。ずいぶん悩まされたものだという。しかし、この儀式がなされるようになってから、それがぴたりとなくなった。なにごともない。事故で死んだ者も、ひとりもいない。ほかの町では、かなり多いそうではないか」

「交通事故のない町は、珍しい存在でしょう」

「これが現実だよ。かりにだ、この儀式を中止してみろ。ただではすまない。この町のだれかが、必ず恐るべき不幸に見舞われるはずだ」

「でしょうね」

青年はうなずく。長老は道を戻りはじめ、彼もつづいた。あたりは暗くなりかけている。長老は思いついたように言った。

「まさかと思うが、大丈夫なんだろうな、あの女……」

「なにがご心配なんです。気づかれてはいませんよ。逃げられることはありません。急に出立しようとしたら、睡眠薬を入れたジュースを飲ませるよう、用意してあります」

「その点ではないんじゃよ。睡眠薬を自分で大量に飲むような場合のことだよ。つまり、自殺をされたら、ことなのだ。死体を儀式に使うわけにはいかない。長老ともなると、そういった万一のことまで考えておかねばならない」

「自殺しそうな印象は受けませんでしたよ。むしろ、うきうきしていました」

「しかし、油断はならない。若い女の心理は、容易に推察できないものだからな。だからこそ、この季節の犠牲にふさわしいのじゃ。それにしても、自宅へも連絡せず、ふらりと一人でこんなところへ来てとまるなど、気になる。うちひしがれて悲しげな表情だと、かえって自殺などしないものだ」

「そのへんのことは、わたしにはわかりません。なるべく注意します」

「くれぐれもな。むだになってもいい。元気づけてやってくれ。長老としての、わたしからのたのみだ」

「ご指示とあらば、そういたしましょう。今夜はそれとなく注意するよう命じ、あしたはわたし自身がつきっきりで相手をします」

「そうしてくれ」


つぎの日、若い女は明るい顔で目ざめ、朝食をすませてから、フロントへあらわれた。

「どこを見物しようかしら」

そう聞かれ、青年は答える。

「わたしがご案内いたしますよ」

「それは悪いわ」

「かまいません。ほかにお客さんもおりませんし」

「でも、そんなことなさったら、経営者におこられちゃうでしょう」

「気になさることはありません。このホテルをやっているのは、わたしの兄なんです。父の死んだあと、旅館を兄がこう改築し、経営しているというわけです。だから、従業員というより、気楽な手伝いという身分なのです」

「でも……」

「わたしはまだ独身ですし、きまった恋人もない。人目を気にすることもないのです。その点ものんきです。あなたのほうがどうかは存じませんが」

女は笑いながら答えた。

「この町に知人なんかないわ。本当によろしいんでしたら、お願いしようかしら。ひとりじゃあ、どこへ行ったものか見当もつかないし……」

「そうですよ。では、まいりましょうか」

二人はそとへ出た。青年はまず、近くの小高い丘へ案内した。女は声をあげる。

「きれいね、ずっと若葉がつづいて……」

「お気に入りましたか」

「心のなかを、かき乱されるような感じよ。衝動的に、なにかをやりたくなるわ。このまま土のなかに帰れたら、どんなにいい気分かしら……」

それを聞き、青年はちょっとあわてた。昨夜の長老の心配を思い出したのだ。自殺する者は、明るくふるまっていても、言葉のはじに死をほのめかすことが多いとか、なにかで読んだことがある。大地に帰るなど、本当にそれをやられたら一大事だ。あしたの夜までは、生きていてもらわねばならぬ。彼はむこうの山を指さして言った。

「これは伝説ですがね、あのへんでキツネの嫁入りを見たという男がいましたよ。キツネの花嫁を中心に、何匹かが列を作って歩いていった……」

「幻想的な光景だったでしょうね」

「まだ、つづきがあるんですよ。それに魅せられたのか、好奇心からか、男はそのあとをつけてみた。花嫁の相手がどんなかを見たかったわけです」

「美男子のキツネが待ってたの……」

「いいえ、花むこは、なんとタヌキでした。小判をそばにつみあげた、腹の大きなタヌキです。金の力で、美人のキツネを手に入れたというわけ」

「かわいそうに、その美人のキツネちゃん」

「と思うでしょう。男が物かげからそれを見ていると、祝宴がはじまった。酔うにつれて、事情が一変した。花むこがキツネになり、花嫁がタヌキになった。どっちも化けていたというわけですよ。おたがいに、相手をためそうと考えて……」

「キツネとタヌキの化かしあいって言葉はよく聞くけど、それが物語になっている伝説は、はじめて聞いたわ」

女が面白がってくれたので、青年はほっとした。死へのあこがれなど、なんとしてでも消さなくてはならない。こんな仕事は、まったくやりにくい。

「よくできているでしょう」

「できすぎてるわ。妙に現代的よ。あなたが細工を加えたんじゃないの」

「じつは、少し……」

「ひどいわ。帰ってから、みんなに話して驚かそうという気になったのに」

女は少しうちとけてきた。青年のほうも同様だった。冗談を言いあうようになる。古い城あと、きれいな川、それらを見せる。青年は好意らしきものをいだきはじめた。女は言う。

「うすみどりの色って、微妙なにおいを含んでいるようね。季節ってものを、強烈に感じさせるわ。たとえば関所みたいなものね。それを越えるまで落ち着けないという……」

「そうですね」

「この地方には、なにか変った行事のようなものはないの」

女に聞かれ、青年はどきりとした。

「ありませんよ。こんな時季の行事なんか、どこにもないんじゃないでしょうか。夏祭り、秋祭り、冬の行事、ほかの季節にはいろいろとありますが、いまごろは、なんにもありませんよ」

「でしょうね……」

女はうなずいた。かんづかれなかったようだ。この女は、あすの夜までの命。それに気づかずにいる。そう思うと、青年はいくらか同情した。

「おなかがすいたでしょう」

「ええ、けっこう歩いたしね」

「そこの農家に寄りましょう。なにか作ってくれますよ。とくにどうってことはないけど、新鮮なことだけは保証します」

「そういうのがいいのよ」

その農家には、老婆(ろうば)と、三十歳ぐらいの夫婦と、幼い子供たちがいた。青年がたのむと、川魚の焼いたのと、山菜の食事を作ってくれた。なかなかいい味だった。

「おいしいわ」

「おかわりをどうぞ」

その家族たちは、ちらちらと女をながめる。あしたの夜が儀式の時であることを知っているのだ。あるいは、長老から犠牲がみつかったと、すでに伝わってきているのかもしれない。これでことしも無事にすむという、安心感を秘めた視線だった。

そうとは知らずに、女は食事を楽しんでいる。青年は、いきどおりのようなものを覚えはじめた。この無邪気な女を、しばって小屋のなかで焼き殺していいのだろうか。勝手すぎないだろうか。いかに、みなの不幸を防ぐためとはいえ……。

「ああ、おいしかったわ。ごちそうさま。この代金はどうしたらいいの」

「あとでなんとかしますよ」

「ちゃんと宿泊料金につけておいてね。きっとよ」

「そうします」

二人はそこを出て、ホテルへむかう。ほうぼうで小鳥がさえずっていた。

「きょうは、すっかり若葉の色をたんのうできたわ」

「わたしもです。ここに住んでいながら、こんなことは久しぶりです」

「そのへんの人たち、あたしを、いやにしげしげとながめてるわね。なぜかしら」

「つまり、その、見なれない人なんで、珍しがってるんでしょう。それに、あなたはきれいだから」

「まあ、おせじを言って……」

「本当ですよ」

青年はむきになった。ここが大切なところだ。気づかれてはならない。まず、自分からそう思いこまなければならない。それは、むずかしいことではなかった。すでに、彼女を美しいと思いはじめている。

「やっと帰りつきました。くたびれたでしょう」

青年は女をいたわった。

「少しはくたびれたほうがいいのよ」

「夕食の時に、お酒でもいかがです」

「あたし、飲めないのよ。もう少し大きくなったら、飲んでみようと思ってるけど」

女は部屋に戻っていった。

青年はフロントに残り、ひとり考えた。あのあどけない女を、やはり犠牲にしなければならないのか。きょう一日で、ずいぶん親しくなってしまった。儀式の準備として、割り切っていればよかったのだが、長老の指示に従っているうちに、深入りしすぎてしまった。あるいは、若葉の色によって、衝動的に気分が変ったのかもしれない。もはや恋に近い状態といえた。

「彼女を死なせてはいけない。なんとしてでも、防がなければならない」

青年はつぶやいていた。だが、どうすればいい。長老をはじめ、みなを説得して儀式を中止させることなど、できるわけがない。かわりをみつけて来いと言われるだろうし、それは時間的に不可能だ。

警察に通報するか。しかし、それをやると裏切者になるばかりか、自分もずっと共犯者だったことが表ざたになる。それより、こんな話を警察が信用してくれるかどうか。

結論はひとつだった。あの女を連れて、この町から出ることだ。このホテルは兄の経営であり、ここにいなければならない責任はない。まだ独身だから、どこの土地へも行ける。

そうときまったら、実行は今夜のうちでなければならない。あしたになったら、みなの監視は一段ときびしくなるだろう。町から出られなくなる。

青年は女の部屋をノックした。

「なんなの……」

「あらたまってお話が」

「どうぞ、お入りなさい。なんですの」

「突然こんなことを言うと驚くでしょうが、わたしといっしょに、今夜、列車に乗りましょう」

「ほんとにだしぬけのお話ね」

「この町がいやでいやでたまらなくなったのです。少しでも早く出て行きたいんです」

「若葉の色にあてられたみたいね。でも、この町を出て、どうなさるの」

「まず、あなたをお送りします。それから、どこかで仕事をみつけて働きます……」

青年は、あらん限りの知恵をしぼって理屈をつけた。事情を話すことなしに、相手を承諾させせなければならない。

「そういう気まぐれも、面白いかもしれないわね」

女はその気になってくれた。

「すぐ用意をして下さい。最終の列車は、あとまもなくです」

青年はせきたてた。ホテルの金庫をあけ、そのなかの金をポケットに入れた。女が部屋から出てきた。他人に気づかれると困る。青年は女のカバンを持ち、手を引き、裏口から出る。駅の改札口を通らずに、ホームへ出る。そして、やってきた列車に乗ることができた。

ほっとひと息。この女の命を救うことができたのだ。列車が進むにつれて、その実感は高まってゆく。女は座席で軽い寝息をたてはじめたが、彼は興奮で眠れなかった。儀式はおこなわれず、だれかが不幸になるかもしれない。しかし、自分はいいことをしたのだ。

朝、ある駅でおりる。そこも小さな古い町だった。

「ここがあたしの家よ。あがってお休みなさい。ずいぶん眠そうよ」

「そうさせてもらいます」

部屋に案内され、青年は横たわると、すぐ深い眠りについた。これでいい。緊張がいっぺんにほどけたのだった。

べつな部屋で、娘に父親が話している。

「なんだ、あの若者は」

「勝手にくっついてきたのよ。少し頭がおかしいみたい……」

女はいきさつを説明した。どこへ行くとも書き残さず、衝動的に旅に出た青年だと。

それを聞き、父親は押えきれぬ満足感の笑いを浮かべた。

「それはちょうどいい。暖かい風が吹きはじめた。例年の行事の日が迫っている。おまえも知っているだろう。よそ者の若い男をひとり、しばりあげて湖の底に沈めなければならない。ずっと昔からつづけてきた、この町の秘密の儀式だ。それをおこたると、ここのだれかが恐しい不幸に……」

支出と収入

そのへんは高級住宅地だった。時刻は夕方。道を歩いていたエヌ氏は、カギがひとつ落ちているのをみつけた。拾いあげる。カバンや自動車のでなく、ドアのカギのようだった。

「だれが落したのだろう」

あたりを見まわすと、そこは一軒の家の前だった。門があり、なかには、そう大きくはないが立派な家があった。この家の人、あるいは、この家への来客が落したのではなかろうか。その可能性が大きいように思えた。とどけてやるとしよう。

エヌ氏は門をくぐり、その家の玄関まで行く。ベルを押す。何回か押し、奥で鳴る音を聞き、しばらく待つ。だが、だれも出てこなかった。庭へまわり、なかをのぞきこむ。人のけはいはなく、どうやら留守のようだった。

「無用心な家だな……」

つぶやきながら、また玄関に戻る。手にはカギがある。それをドアにさしこんでみたいという興味にとらわれた。やってみる。

ドアは開いた。やはり、この家のカギだったのだな。エヌ氏はカギをそこへおき、帰ろうとした。しかし、ドアはカギのかかってない状態ということになり、これまた無用心。どうしたものか持てあました形だった。

「ごめん下さい。どなたか、おいででしょうか……」

エヌ氏は大声をあげてみた。しかし、返答はなかった。だれもいないのだ。玄関からあがり、そばの応接間に入ってみる。なかなかすばらしい部屋だった。宝石をちりばめた外国の短剣が飾ってある。

「まったく、すきだらけの家だな。この家の住人は、だらしない……」

エヌ氏は、金に困るような生活ではなかった。しかし、このありさまを見ているうちに、気が変った。

「……ひとつ、こらしめてやるか。油断大敵ということを、身にしみて感じさせてやる」

その高価そうな品をポケットに入れる。そこにカギをおき、その家を出る。いつのまにか早足になっていた。

そのつぎの日、エヌ氏はみしらぬ男の訪問を受けた。聞いてみる。

「どなたですか」

「とぼけてはいけません。あなた、きのうの夕方、わたしの家に侵入して、なにをなさいました。あんなことをして、ただですむとお思いですか」

「ええと、その、なんのことですか……」

どぎまぎするエヌ氏に、相手は写真を出して見せた。室内でのエヌ氏の行動が、うつされていた。ごまかしようがない。

「……かくしカメラか。こんなしかけがあったとは。恐れ入りました」

「犯行をみとめますね。食うに困っての盗みなら、まだ同情のしようもあるが、おみうけしたところ、生活にゆとりがありそうだ。たちが悪い」

「ご立腹はごもっともですが、どうか、みのがして下さい。気の迷いでした。盗むつもりはなかった。カギを拾ったので、それをとどけようとして……」

「どう弁解しても、盗みは盗みです」

「助けて下さい。警察には突き出さないで下さい。刑務所へ入るのはいやだ。持ち出した品物は、おかえしします。なんでもいたします……」

エヌ氏は泣きだした。自分のおろかさ軽率さがいやになり、みじめになり、大声でわめく。一段落すると、相手が言った。

「そう泣くことはありません。わたしだって、まるで話のわからない人間じゃない」

「とおっしゃると、許していただけるわけで……」

「しかし、被害にあい、わたしは精神的に不快な目にあったのですよ。そこをお忘れなく」

「それでしたら、つぐないをさせて下さい。お金を払わせていただきます。それでなんとか」

「あなたは、自分の自由意志で、わたしにお金をお払いになる」

「そうですよ。ぜひ受け取って下さい」

「うむ。そうですな……」

話しあいがまとまり、相手は盗難品と金を受け取って帰っていった。エヌ氏はほっとする。ひや汗でびっしょり。やっと悪夢がさめたという感じだった。

しかし、それですべてが終ったわけではなかった。ひと月たつと、また、あの男がやってきて言った。

「よく考えてみると、やはり警察へとどけるべきではないかと……」

「ま、まって下さい。お金でしたら、なんとかつごうしますから」

エヌ氏は金を渡す。しかし、そのききめも一カ月だけなのだ。この調子だと、いつまでも金をとられつづけることになる。

「これは、たまらん。えらいことになった。このたぐいの支出では、税金からの控除を申請することもできない……」

エヌ氏はぼやき、何回目かにやってきた相手に言う。

「一生しぼられつづけはごめんです。決心しました。わたしは警察へ自首します。刑務所はいやだが、それでも、ある期間つとめれば自由になれる。いつまでも金を取られるよりはいい」

「なんですって。つまらない考えはおよしなさい。刑務所は、あなたの想像しているような、のんきなところではありませんよ」

「しかし、いまのままでは……」

「あなた、頭を使いなさいよ。これだけの体験をなさったんだ。すでに知恵をはたらかせておいでかと思っていましたよ……」

なぞめいた言葉を残して、相手は帰っていった。なんのことだろう。なにかあるな。そういえば、侵入した翌日に、あいつはやってきた。いやに早かった。手まわしがよすぎる……。

さては。エヌ氏はやっと気がついた。あれは、わなだったのだ。それに、うまく引っかかってしまったのだ。ちくしょう。どうしてくれよう。くやしがってみたが、やつへのしかえしの方法はなかった。

そのうち思いつく。そうだ、いい方法がある。同じ手で、こっちもだれかをひっかければいいのだ。

エヌ氏は自宅の玄関の前の道にカギを落し、物かげで待った。近所の子供が拾うといった失敗もあったが、うまくひとりがひっかかった。家のなかに入り、目につくようにおいてあった金メッキの置物を持ち出していった。それを写真にとり、あとをつけ、住所をたしかめ、近所で聞きまわって、その資産状態を調べる。

そして翌日、彼は乗りこんだ。自分が体験していることだから、なにもかもうまくいった。金を巻きあげることに成功した。

それに味をしめ、さらに二人ほど、いい金づるをつかまえることができた。あとは、定期的に集金にまわればいい。ひとり分の収入を、れいのやつにまわす。指導料と思えば惜しくもなかった。あとはすべて自分のものだ。税金に申告する必要のない、こんないい副収入はないだろう。

しかし、そのうちに犯人たち、いや被害者たちというべきか、彼らはエヌ氏に申し出た。

「いっそ自首しようかと……」

「およしなさい。頭を使うのです……」

とヒントを与える。わざわいを転じて福としなさい。刑務所に行かなくてすむばかりか、あなたの繁栄のためにも……。

それはうまくいった。エヌ氏の集金は順調になった。つまり、金づるたちが、それぞれうまく、収入源を開発したということだ。いいことをしてやったような気にさえなる。

ある夜、エヌ氏が自宅で酒を飲み、ひとりいい気分になっていると、とつぜん侵入してきた者があった。覆面をしていて人相はわからないが、手に刃物を持っている。

エヌ氏は言った。

「なんだ、そんなかっこうで。おまえは、だれだ」

「見ればわかるだろう。強盗だ。用件は簡単だ。殺されたくなかったら、金を出せ」

「むちゃくちゃだ。しかし、死ぬのはいやだから、金は出すよ。そこにあるから持って行け」

強盗は金を奪って言う。

「すまんな。おれだって、こんなことはしたくないんだが、背に腹はかえられないのだ。カギを拾い、ある家に空巣に入ったはいいが、写真にとられた。それをたねに、金をゆすられている。警察へ突き出されるのを防ぐには、そいつに金を渡さんとならんのだ。あばよ」

そのあと、エヌ氏はつぶやく。

「このシステム、末端のほうでは、だいぶ質が落ちているようだな」

自信

とあるマンションの三階の一室。そう広くはないが、冷蔵庫や電話や洋服ダンスなどが、ひと通りはそろっていた。そして、ベッドの上にはここの住人である青年が、ぼんやりと横たわっていた。

彼の名は西島正男、商事会社につとめており、まだ独身だった。独身だからこそ、このような小さな部屋でも充分なのだった。また、独身だからこそ、このようなわりと高級な部屋に住む余裕があったといえた。

窓のそとには、夕ぐれの景色がひろがっていた。昼が去り夜が訪れようとする、境目の明るさだ。なにもかもがまざりあい、ものうく、よどんでいるような時刻。街のざわめきも、昼間の活気と夜の静かさのほどよい中間、意味も感情もない疲れたような響きだ。それは、聞くほうの気分がそうであるためかもしれないが……。

正男はベッドの上に、ひとり横たわっていた。会社から帰ってはきたものの、今夜はここでテレビか読書を楽しんだものか、いい服に着かえて夜の街に遊びに出かけたものかをきめかね、たそがれの明るさのなかでぼんやりしていたのだ。

その時、正男はドアのベルが鳴るのを聞いたような気がした。彼は身を起し目をこすって、うとうとした気分を払いながら、ドアの内側から声をかけた。

「どなた」

「西島……」

と声がかえってきた。正男は首をかしげた。自分をなれなれしく呼び捨てにしたところをみると、親しい友人のだれかのようだ。しかし、その声には特徴がなく、それにあてはまる顔も名前も浮かんでこなかった。

あまり親しくないやつかもしれない。そうとしたら、失礼なことだ。彼は少し腹を立てながら、ドアをあけた。

ひとりの男が入ってきた。正男はその顔を見たが、やはり心当りはなかった。特徴がなく、どこにもある顔としか形容ができない。いや、もっと正確にいえば、あらゆる男をまぜあわせて平均したような顔つきだった。服装もまた同様、年齢のほうも見当がつかなかった。正男はちょっといやな気分になった。まったくとらえどころのない相手に出あえば、だれでもそうなるだろう。

図々（ずうずう）しくなかに入ってきた男に、正男はあらためて聞いた。

「あなたは刑事かなにかなのですか」

「ちがう」

「それなら、名前ぐらい名乗ったらどうですか」

「さっき言ったはずだ」

「どなたなのです」

「西島正男」

と男が言った。正男は聞きかえした。

「その名前は……」

「ぼくの名だ」

と相手は当然のように答えた。正男はひたいに手を当てた。遠い親類かなにかだろうか。ぜんぜん思い出せなかった。あまりに平凡で特徴のない人物だから、記憶の底に沈んでしまったのだろうか。しかし、同名だとすれば、忘れられるわけがない。

正男は思い出す努力をやめ、頭に浮かんだ仮定を口にした。

「ああ、わかった。あなたはぼくと同姓同名、通りがかりに標札を見て、興味を持って立ち寄ったのでしょう」

「いや、ちがう」

「では、失礼ですが、どんなご用なのでしょう。なぜ、ここへいらっしゃったのです」

「なぜって、ここはぼくの部屋だからだ」

その言葉を耳にし、正男は一瞬、聞きちがえかと思った。しかし、相手の口調はしっかりしていた。表情のない声のため、そう感じられたのかもしれない。

どうしたものかと、正男は迷った。力ずくで追い返そうかと考えたが、好奇心もまた強くわいてきた。こんな手のこんだ、とんでもないいたずら。だれがなんのためにたくらんだのか、それを見きわめてやりたい気がしたのだ。彼はつとめて冷静に話しかけた。

「まあ、椅子にでもおかけ下さい。お話があります」

「ああ」

相手は椅子にかけ、足を組んだ。遠慮のない身ぶりであり、自分の部屋にでもいるような態度だった。そんなふうな落ち着いたようすのため、正男はどんな質問をしたものか、とまどった。そのため、つまらない文句が口から出た。

「本当のお名前をおっしゃって下さいよ」

「だから、西島正男だ。そして、ここはぼくの部屋だ。なにかおかしいことでもあるか」

「いや……」

と答えはしたが、もちろん賛成したのではない。これぐらいおかしなことはない。どこがおかしいのだろうか、と正男は考えた。その結論はすぐに出た。この男の頭がおかしいのだろう。

正男は顔を近づけ、相手の目をのぞきこんだ。だが、そこには冗談や悪ふざけをやっているような、うしろめたい色を発見できなかった。それどころか、逆効果をもたらした。無邪気というか自信があるというか、悪びれない目で見かえされると、正男のほうが視線をそらさざるをえなかったのだ。

その時、相手がとつぜん言った。

「で、だれなんです。きみこそ」

「だれって、それは……」

正男は口ごもった。こんなわかりきったことを、不意に聞かれるとは予想もしていなかった。めんくらっていると、男はまたも言った。

「家はどこで、ここでなにしていたんだ」

「いったい、これは……」

正男は軽い叫び声をあげた。それからくちびるをかんだ。痛いところをみると、夢ではないらしい。

相手はしばらく質問をやめ、薄暗くなりかけたなかで、うさんくさそうにこっちを見つめている。正男はそわそわした。自分自身が本当に西島正男で、この家の住人なのかどうか。このばかげた疑念を検討してみたくもなってきた。

その虚を突くかのように、男は言った。

「では、つとめ先は……」

「商事会社の……」

正男はどもった。ここで、確信をもって正確に、いやおうなしに相手を納得させなければならないのだ。だが、あせればあせるほど、舌がもつれた。

無表情だった相手の顔に、少し感情があらわれた。信じられないという表情だった。そして言った。

「きみはまさか、ここの住人だとでも主張するのじゃないだろうね。きみがここで寝おきし、この窓からこの景色を眺め、毎日ここから会社に出かけていたなどと……」

「どうしたことなんだ……」

正男は目をつぶり、指で眉間（みけん）のあたりを強く押した。ぼくはずっと、ここに住んでいる。窓からの景色はあきるほど眺めた。このドアから出勤して帰った回数は、数えきれないほどではないか。それなのに、こう問いかけられると、なぜか断言できない気がするのだ。

確信という感情が必要なのだ。それを求めて、正男は頭から心、からだじゅうをさがした。しかし、どこからも引っぱり出せなかった。ずっと使ったことがないので、退化し消滅してしまったのだろうか。

だが、そんなことを論じている時ではない。この状態を早くなんとかしなければいけないのだ。彼は泣き笑いしながら叫んだ。

「おいおい、いいかげんにしてくれよ。これはなんの冗談なんだ。だれにたのまれたのか、早く教えてくれよ」

「冗談とはなんのことだ。なにか、気にさわるようなことを言ったかな……」

その声を正男は目をつぶったまま聞き、解決への手がかりを求めた。しかし、底に笑いを秘めたような点は少しもなく、同情めいた響きさえおびている。また、自分の口調に似てきたようにさえ思えた。こっちが度を失っているためだろうが。

正男は、目をあけるのが不安になってきた。なんとかして、この状態を抜け出さなければならない。彼は必死に考え、またひとつ仮定を思いついた。冗談でないとしたら、だれかがこいつに催眠術をかけたのかもしれない。なぜそんなことをしたのかはわからないが、ありえない話ではない。こいつを正常にもどせれば、それを聞き出せるかもしれない。

正男は目をあけ、思いきって言った。

「さあ、手をたたいたら目をさますのだ」

そして、手をたたいた。それを見て相手は言った。

「おい、どうしたんだ、そんなことを急にはじめたりして。気はたしかなのか」

正男のからだから、また力が抜けた。悲しくもなってきた。

さっきにくらべ、室内の暗さはましてきた。だが、正男は電気をつけようとしなかった。相手を正視する自信が、ますますなくなってきたのだ。それに、明るくしたら相手は腰を落ち着けそうだし、暗いままにしておけば、あきらめて帰ってゆくかもしれない。

しかし、しばらく待ったが、相手は帰りそうにない。正男は一段と不安になった。根くらべで帰るのを待っているのは、相手のほうではないかと思えてきた。そう思って見るせいか、相手の態度は自信を増したようだ。

正男の不安に恐怖が加わった。無意識のうちに、指が防犯用のベルを押していた。

それに気づき、彼はほっとした。これがよかったのだ。まもなく管理人がかけつけてくるだろう。そして、すべてが幕だ。

廊下をかけてくる足音がし、ドアの前でとまった。やっと助かる。正男は腕を組んで大きな息をした。

相手は立ちあがって、ドアにむかった。逃げようというのだろう。しかし、なんと言い訳をして出てゆくだろう。正男が耳を傾けていると、ドアが開き管理人の声がした。

「どうかなさいましたか」

それに対し、男は平然と答えていた。

「いや、たいしたことはありません。変な男がぼくの部屋にいて困っていたのです。しかし、まもなく帰るでしょう。ご心配かけました」

「本当に大丈夫ですか。気をつけて下さいよ、西島さん」

こう言って管理人は帰っていった。この会話を聞いて、正男はぼうぜんとなった。やつは管理人を買収でもしておいたのだろうか。しかし、そんなはずはない。非常ベルを押すのは、自分でさえ今まで考えもつかなかったこととなのだ。となると、管理人はこの男を自分だと認めたことになる。それでは、この自分は……。

この証明は、どうやってしたらいいんだ。暗い部屋のなかで、正男はそれをさがし、電話機をみつけた。これで会社にかけよう。宿直室に同僚のだれかがいるはずだ。それと話してみせればいいだろう。彼はうす暗いなかで目をこらして見つめ、電話をかけた。呼出し音が終り、受話器から声が出た。

「もしもし、宿直室です。どなた……」

「ぼくだよ、西島だよ」

正男は話しかけたが、疑問の口調がかえってきた。

「なんだか妙な声だな」

その時、侵入者の男が手を出し、その受話器を取って言った。

「いや、電話をかけてもらったのでね」

「あ、いまのは代理の人だったのか。で、なにか用かい」

宿直の同僚の答える声が受話器からもれ、正男の耳にも入った。

「書類戸棚の鍵をかけ忘れたのではないかと気になってね。見まわりの時に、たしかめておいてくれないか」

「ああ、わかった」

「じゃあ……」

受話器がおかれ、話は終った。なんの効果もあげなかったばかりか、かえって相手の立場を確実にするのを手伝ってしまった。

正男はあきらめることなく、もう一度やってみた。行きつけのバーの番号にかけ、受話器を侵入者に押しつけた。

相手はそれを受け取り、話しはじめた。

「どうだい、景気は……」

「あら、西島さんね。いらっしゃってよ」

「いま来客中なんでね。いずれそのうちに。来客はうそじゃないよ。いま、その人とかわるから……」

正男はなんと言ったものかわからなくなってきた。受話器にむかって、声を押し出した。

「もしもし……」

「どうぞよろしく。西島さんのお友だちのかたですのね。お近いうちに、ごいっしょにお越しを……」

あいそのいい、だが、そっけない営業用のあいさつが返ってきた。正男は電話を切った。侵入者は、ぼくの声を奪ってしまったようだ。

激しいいらだちのなかで、正男はあることを思いつき、その言葉を相手にぶつけた。

「そうだ。あなたはさっき、この部屋に入る前にベルを押したでしょう」

自分の部屋に入るのに、ベルを押す者などありえない。これこそ、すばらしい証明ではないか。しかし、相手は混乱のない口調で言った。

「押しはしない。押すわけがないだろう」

「それはそうです……」

正男の声は弱々しかった。自分では聞いたような気がするのだが、なんだかあやふやな気分だった。聞かなかったのかもしれないし、幻聴だったようにも思えてくる。

正男はずっと触れまいとしていた、最後の問題を正視しなければならなくなった。催眠術にかかっているのは、この自分なのだろうか。狂っているのは、この自分のほうなのだろうか。そんなはずはない。自分こそこの部屋の住人で、商事会社につとめる、西島正男なのだ。それを証明する方法があるはずだ。

彼は追いつめられた獣のように、死にものぐるいでもがき、ついにその方法を思いついた。写真だ。机の引出しに、自分のうつっている写真がある。会社でとったのもあるし、この部屋でとったのもある。なんで、それに早く気づかなかったのだろう。

正男は机にかけ寄り、引出しに手を入れた。写真が触れた。たしかに存在しているのだ。催眠状態でも、狂気でもない証拠ではないか。これを相手に突きつければいい。

「さあ、これがぼくだ。よく見てくれ」

と、正男は電気をつけて言った。だが、相手はつまらなそうに受け取り、つまらなそうに言った。

「ああ、その写真はぼくのものだ」

「なんだと……」

正男は写真をひったくり、のぞきこんだ。そこには、たしかに自分がうつっている。彼はそれを指摘するため、相手をにらみつけようとした。だが、目には力が入らなかった。相手の顔は、写真の顔と同じなのだった。西島正男の顔なのだ。いつのまに……。

「なぜだ、なぜだ……」

正男は絶叫した。相手は困ったように言った。

「なぜかと聞かれたって、事実そうなのだから、答えようがないよ」

「しかし、こんなことが……」

正男は鏡に近よってのぞきこんだ。そこには、あの顔がうつっていた。特徴のない、だれともつかない平凡な顔が……。

「わかったかい」

と相手は言い、正男は答えた。

「あなたの言うのが正しかったようです。やはり、あなたのほうが本物なのでしょう。そうでなかったとしても、あなたのほうが自信があり、存在している意味もあるわけでしょう」

「では、失礼して、ぼくはくつろぐよ」

相手は服をぬぎ、洋服ダンスから部屋着を出して着かえた。正男は自分も服をぬぎ、相手のぬいだ服を身につけてみた。それはぴったりあい、気分も楽になるようだった。

「では、あとはよろしく。さよなら」

正男はあいさつをし、そとへ出た。すると、すっかり濃くなった夜の闇(やみ)が彼を消した。

未来人の家

エヌ氏は町はずれに小さな家をたてて、ひとりで住んでいた。商売は廃品回収業。ほうぼうの家庭をまわり、不要の品を集めてきて、それを売っていくらかの利益をあげるのだった。単調な仕事だが、命令されることも、管理されることもない。彼は熱心にはげんでいた。

ある日、朝はやい時刻。エヌ氏は枕(まくら)もとの物音で目がさめた。起きあがってみると、そこに妙な服を着た中年の男が立っている。泥棒かと思ったが、それならもっと景気のいい家を狙(ねら)うはずだ。

泥棒にしてはどこか上品だ。それに、妙なことを叫んでいた。

「来たぞ、来たぞ。やっと来たぞ……」

いやにうれしがり、踊るような調子でとびはねている。もしかしたら、頭がおかしいのかもしれない。エヌ氏は質問をせずにはいられなかった。

「どなたです。わたしはあなたを呼んだ覚えなどない。勝手にひとの家に入ってきて、変にさわぐとはなにごとです。第一、もっと眠っていたいのに、うるさくてしょうがない」

「わかっている。しかし、これを喜ばずにはいられない。なにしろ、やっと来ることができたのだから」

「それにしても、喜びかたが普通でない。いったい、どこから来たというのです」

「もちろん、現代からだ。いや、それでは意味が通じまい。ここはきみたちにとっての現代であり、わたしにとっては過去だ。わたしにとっての現在は、きみたちにとって未来ということになる……」

エヌ氏はしばらくあっけにとられていたが、何回も問答を重ねるうちに、少しずつようすがわかってきた。

相手はテット博士と名乗り、苦心して研究したあげくタイムマシンを完成した。それに乗りはるかな時間をさかのぼって過去にむかい、おりたところがここだったというのだ。着ている服も、ぴったりした縫い目のないもので、その話は本当らしく思えた。エヌ氏は感心した。

「えらいことをおやりですね」

「そうとも、研究の正しかったことが立証できたのだ。うれしくてならない」

はしゃぎつづけるテット博士に、エヌ氏は聞いた。

「それで、乗り物はどこにあるのですか」

「あそこだ……」

テット博士は指さした。庭はエヌ氏の集めてきたがらくたで一杯だが、そのあいだに、銀色の卵型をしたものがあった。トラックぐらいの大きさのものだ。

「見なれない形のものですね。どんなしかけで動くんですか」

「それは説明しても、きみたちにはわかるまい。複雑なものなのだ。どうだろう、あれをしばらく置かしてもらいたいのだが」

「いいでしょう。しかし、わたしは商売に出かけなくてはなりません。残念ですが、あなたのお相手をゆっくりしているひまはありません」

「どんな商売です」

「つまらない商売ですよ。このがらくたのたぐいを、売ったり買ったりしているのです。しかし、人に喜ばれ、世のためにもなる仕事です」

それを聞いて、テット博士の目は輝いた。

「これが売りものなのか。なんとすばらしいものばかりだろう。おお、新聞がある。雑誌がある。カギや万年筆もある。そこにあるのはミシンとかいう機械だろう。あれはパチンコという娯楽装置のようだ……」

「いやに感激していますね。どこが面白いんです。ここにあるのは、古いもの、よごれたもの、こわれたものばかりですよ。なおさなくては使えません」

「かまわぬ。ぜひ、わたしに売ってくれ。わたしたちの時代では、こういった品々は、すべて博物館にでも行かないとお目にかかれない、高価なものばかりなのだ。欲しがる人は、じつに多い。これを運んでゆけば、タイムマシンの建造費ぐらい、すぐに回収することができる。なにしろ、みな本物なのだからな」

「そういうものですかね。しかし、買っていただけるのなら、こちらもありがたい。なんでもお売りしますよ」

商売となると、エヌ氏はあいそよくなった。こんなに大喜びして買ってくれる人など、ほかにありえないからだ。

「なにもかも買いたい。この家も買いたいものだ」

「なんですって……」

エヌ氏は驚いた。その時、相手は困った表情になった。

「しかし、問題がひとつある。未来の紙幣や小切手ではしょうがあるまい。この時代で通用する古銭を持ってくれればよかったのだが、非常に高価だ。どうだろう、物々交換でゆずってもらうわけにはいかないか」

「なにをお持ちなのです」

「じつは、タイムマシンが故障をおこし、帰れなくなった万一の場合を考えて、自給自足式の標準型自動的住居セットというものを持ってきた。気に入ってくれると、ありがたいのだが」

「なんです、その自給自足なんとかいうものは……」

「質問なさるのはもっともだ。まず、その実物を組立ててごらんにいれよう」

テット博士はタイムマシンのなかから、大きな箱を運び出してきた。なかには、わけのわからない部品や装置がいっぱいにつまっている。博士は手ぎわよく組立てはじめた。

小さな家ができあがった。まっ四角な家で、プラスチックのような材質でできている。色は落ち着いた茶色だった。屋根の上には、妙なものがとりつけられた。アンテナにも見えるが、そうではないらしい。また、地面にもパイプが押しこまれ、その二つは連絡された。エヌ氏は聞いた。

「複雑な避雷針のような感じですが、そんなものがいるんですか」

「これで食料が確保されたのだ。地下の水分と物質、空気と日光、それらをもとに食べ物が合成されるのだ。植物がやっていることを、きわめてスピードアップしたと思えばいい。食生活はこれで大丈夫なのだ」

「はあ……」

テット博士はそのほか、窓やドアや風呂場(ふろば)や台所にも各種の装置をとりつけ、配線をし、最後にすべてを時計に連絡した。

「まあ、なかに入ってみてくれ。これで食と住の心配もなくなる。夕方になると自動的に窓やドアがしまり、だれも入ってこられなくなる。夕方になると、しぜんに風呂がわく。一定時間ごとに掃除もしてくれる。服のせんたくや修理もしてくれる。といったぐあいなのだ。われわれの時代の者は、これを好きなところに運んで組立て、別荘として使っているのだ」

「本当に、そんなに便利なんですか」

「もちろんだ。しかし、半信半疑なのもむりはない。一日つきあって、その作用を見せてあげよう」

その説明の通りだった。この家の一日の作用を示すとこうなる。まず、朝の七時「おはようございます」と声がひびき、同時に窓が透明になり、そとの光を迎え入れる。

つづいて食事があらわれる。合成食とはいうものの、けっこういい味だった。やわらかいが、新鮮な感じの食品だ。食べ残すとそのまま消えてゆく。食事は昼と夕方にも出現した。

風呂の湯の入れかえも掃除も、自動的にやってくれる。博士はさらに言い足した。

「この時計は、永久に狂わないものだ。止る心配も決してない。自動装置はそれと連絡しているために、このように動く。われわれの時代では、みな規則正しい生活をしているのでこれですんでいるが、この時代ではどうかな」

「いえ、いえ、大丈夫ですよ」

とエヌ氏はあわてて答えた。不規則な時代だと答え、せっかくの便利な家をもらいそこねては大変だ。

「それならけっこうだ。それから、しかけを調べようなどと、へたにいじらないよう。いじらなければ故障しない。なにしろ、こわれた場合、修理にやってきてあげられないからな」

「もちろん、大切に扱います。ひとにいじらせたりもしません。すばらしい住宅装置ですね。さぞ高いんでしょう」

「いや、たいしたことはない。あなたからもらう品のほうが、はるかに高価だ」

両方とも満足し、取引きは成立した。テット博士はがらくたの品々を、大事そうに手でささげて、タイムマシンのなかに運んだ。子供の便器、ヌード写真の雑誌、オモチャの勲章までありがたがっている。

それがすむと、エヌ氏の今までの家をこわしはじめた。べつに惜しい家でもない。どういうしかけなのか、鋭い光線のようなものを発射し、適当に切断して運びこんでしまった。作業は終った。

「では、さよなら……」

二人は声をかけあった。テット博士はタイムマシンに乗りこんだ。それはしだいに薄れて消えた。時間のなかを動き、未来へと帰っていったのだろう。

エヌ氏がもらった家は、ずっと作用しつづけた。彼の生活ははなはだ快適なものとなった。大切に取り扱ったためか、故障もおこらず、衣食住になんの不自由もなかった。

もっとも、ある夜、友人とのつきあいで帰りがおそくなった時、こんなことがあった。どうしてもドアがあかないのだ。昼間なら本人を識別してあくのだが、どうしてもだめ。

未来人は夜遊びのような、不規則な生活をしないのかもしれない。あるいは、こんな場合にあける方法があるのかもしれないが、聞いておかなかった。エヌ氏は、そとで朝を待つほかなかった。

しかし、こんなことは例外。時計にあわせて生活していれば、のんきなものだった。働かなくてもすむ。家でねそべっていてもいいのだ。エヌ氏はしだいにその環境に身をまかせていった。

彼は最小限しか働かなくなった。いくらかの現金さえあればいいのだ。あとは近くの川で釣をしたり、近所のひま人とおしゃべりをする。食事どきになれば、家に帰ると無料のうまい食事が口にできる。

エヌ氏は家の外側を少しきたなくした。他人に怪しまれたら困るからだ。しかし、屋根の上の装置も地中へのパイプも、商売の廃品で飾っているのだろうと思われ、あまり話題にもならないですんだ。

だが彼は、そのうちようすのおかしいことに気がついた。調べてみると、その原因がどうやら時計にあるらしいとわかった。ラジオの時報で調べると、この時計の一日は、現在の一日より二十秒ほど多いのだ。テット博士の時代の未来では、地球の自転が今より少しおそくなっているらしい。

しかし、わずかの二十秒だ。そのために、エヌ氏はこの生活を捨てる気にはなれなかった。合成食はうまいし、すべて自動的に進行するのだ。この家を捨て、普通の人のような生活をする気になれるわけがない。

それからまた何年かがすぎた。一日に二十秒でも、累計(るいけい)すると大きくなる。エヌ氏の生活は妙なものだった。午後の十時ごろになると、装置が「おはようございます」と声をあげて彼を起す。

つづいて朝食。その時に食べないと、消えてしまう。むりにとっておくと、味がまずくなる。ここで食べねばならない。

他人とのつきあいはできなくなった。彼はひとりぼっちの生活をやめたほうがいいのかどうか、この便利きわまる家のなかで、いまだに迷いつづけている。

不吉な地点

「あたしは炎の女王なのよ……」

若い女が奇妙な発音で言った。うつろな表情、ふらついた動作。ここは都会をはなれた北の地方の山小屋のなか。数名の若い連中が集って、ひそかに幻覚薬のパーティーをやっていた。

それぞれ、おたがいによく知った仲ではなかった。喫茶店でなんとなく集り、話しているうちに気が合って、幻覚薬があるからそれを飲んで遊ぼうということになった。それには街なかだと、人目がうるさい。山奥へでもいって気がねなしにやろうということになった。そして、ここへきたというわけだった。

季節は冬。しかし、小屋のなかはストーブであたたかかった。

「おれは悪魔だ」

と若い男のひとりがいっている。薬がききはじめ、だれもが幻覚におちいっている。

「あたしは炎の女王なの……」

「そうだ、そうだ」

「炎の女王なの。燃えているの。あついわ、あついわ」

「炎はあついものさ」

「あついわ、あついわ……」

女は服をぬいで下着だけになり、山小屋のドアをあけた。そとは雪が降っている。しかし、幻覚で自分を炎の女王と思い込んでいる彼女は、寒さなど感じない。ドアから出て、よろけた足どりでどこかへいってしまった。

「なんだか寒いぜ。悪魔は寒いのがきらいなんだ」

若い男はものうげに立ちあがり、ドアをしめ、ストーブにさわる。やけどをしたが、幻覚の世界にいるため平気だった。自分を小鳥と思いこんでいるやつは、机から飛びおり、どこかを打って床の上にのびた。むちゃくちゃな光景だった。

朝になり、薬がさめてくる。みな、ぼんやりと顔を見あわせる。

「雪がつもって、きれいだな。しかし、妙な気分だ。なんだかしらないが、腰のあたりがひどく痛い」

「おれは手にやけどをし、ひりひりする。おや、女がひとりいなくなったようだぞ」

「そういえば、炎の女王とか叫んでたようだった。おおかた、ばかばかしくなって、先へ帰っていったのだろう」

「雪のなかを、どうやって帰ったんだろう」

「そんなこと、知るものか。名前も住所も、よく聞いてなかった。おれは悪魔になったような気分だったが、さめてみれば、なんということもない。薬を飲まずに見物していれば面白かったのだろうが、飲むのは、まったくばかげている。おれも帰ろう……」

だれもむなしい気持ちで、山小屋から出ていった。

雪は降ったりやんだりし、その数日後の晴れた日のことだった。

「けっこうつもったなあ……」

銃を持ったひとりの男が、村のほうからやってきた。

「冬の猟はいいものだ。すがすがしく、壮大な感じがする。なにか、いい獲物はないものか。あの林のへんはどうだろう」

すこし歩くと、鳥の飛び立つのが目に入った。一羽、つづいて一羽。男はねらいをつけ、引金をひく。銃声がひびき、散弾が発射され、みごとにしとめた。

「どうだ、おれの腕前は。きのうから下痢ぎみで、胸のあたりもむかむかしていたが、これで気分がすっとした。思いきって、ここまできたかいがあったというものだ」

男はうち落した獲物のそばまで歩き、満足げにうなずく。しかし、下痢ぎみの症状はつづいていた。

「どうも調子がよくない。がまんしきれない。この白い雪をよごすのは気がひけるが、だれも見ている人があるわけでなし、ここでちょっと……」

男はズボンを下げかけた。

そのとき、林のなかで動物のただならぬうなり声がした。

「なんだ……」

ふりむいた男の顔は、たちまち青ざめ、ひきつった。大きな野犬があらわれたのだ。飢えて凶暴になっていることは、一目でわかった。それがゆっくりと近づいてくる。

ズボンを下げたままの姿。男は身動きがとれなかった。逃げることができない。無意識のうちに銃をかまえて引金をひく。

しかし、弾丸は出なかった。鳥をうつのに使ってしまっている。こめなおそうにも、その時間がない。野犬はキバをむきだして、さらに近づいてきた。

もはや絶体絶命。野犬は鋭く大声でほえた。男はふるえあがり、気を失った。体調がよくなかったせいでもあった。

野犬は舌なめずりをしていたが、血のにおいをかぎとった。すなわち、さっき男がうち落した二羽の鳥だ。これまで食べたことのない人間よりも、野犬にとっては、鳥のほうが好ましい食料だった。

それを食べつくすと、野犬はいちおう満腹した。そして、倒れている男をそのままにし、立ち去った。

やがて、また雪が降りはじめた。男はそのまま雪の下に埋まる。ショックのためか、体力が弱っていたためか、凍死なのか、死因は知りようがない。

何日かすると、また晴れた日となった。

ソリを引いた二人の男がやってきた。いずれも、あまり人相がよくない。立ちどまって話しあう。

「このへんでどうだろう」

「まあ、いいだろう。これ以上、雪のなかを歩くのはたくさんだ。ボスの命令で、これをどこか、しばらく人目につかないところに捨てるのがおれたちの仕事だ。ここらあたりがふさわしい場所だ」

「では、ほうりだすか」

ソリにつんで持ってきたものを、ほうりだす。それは若者の死体だった。散弾銃でうたれている。

「気の毒な感じがしないでもないな」

「仕方がないさ。おれたちの世界は非情なんだ」

彼らはある犯罪組織の連中だった。法律をくぐって金をかせぎ、勢力をひろげる。やがて必然的に、ほかの犯罪組織と対立することにもなる。そして、険悪な争いとなる。ボスは子分たちに命じたのだった。

「こうなったら、相手の組織のボスを殺さなければならぬ。だれか、それをやってくれるやつはないか」

「ぼくがやります」

若者がそれを引き受け、拳銃(けんじゅう)を持って乗り込み、なんとかやりとげた。しかし、若いだけあって調子に乗りすぎた。いい気になって、自分の手柄を自慢する。

ボスは顔をしかめた。とんでもないやつだ。このままだと、いまに警察の耳にも入りかねない。やつは、とっつかまるぞ。そこで、自分はただ命令されただけだと、おれの名を口にするかもしれない。そんなことになる前に……。

かくして、若者は散弾をくらって、処分された。組織を維持するためには、やむをえない。この二人は、その死体のしまつを命じられ、ここへやってきたというわけだった。

「人目につかないように、雪をかけておこう」

「なにも、たくさんかけることはないぞ。どうせ、今夜あたりまた降りそうだ」

「まったく、いい処理法だ。これで春まで、だれにも発見されない。そのあいだに、ほとぼりもさめるというものだ」

「いいかげんで引きあげよう。空模様がおかしくなってきた」

二人はからになったソリを引いて帰ってゆく。雪がふりはじめ、あたりをなにごともなかったような光景に変えた。

ただ白一色。だれが見てもけがれのない眺めだった。


春になる。

暖かい日がつづき、雪はとけ、白さは自然界から消えた。

通りがかった村人たちが、そこにあるものを見つけて、大さわぎとなった。

「みろ、どういうことなのだ、これは」

「だれか、警官を呼んでこい。えらいことだ」

「ただごとでないな。下着だけの若い女。ズボンを下げ、銃を手にした男。それに、うたれて死んでいる若者。なにか複雑な事情がありそうだ」

かけつけてきた警官が、三人の死体を調べる。人びとは口ぐちに聞く。

「なぜ、こんな事件が……」

「まて、まて。うむ。そうだ、それにちがいない」

警官がうなずくと、みなは目を輝かせた。

「おわかりになったんですか。さすがは警察官。これまでに、多くのこみいった犯罪を見聞なさっておいでだからなんでしょうね」

「そうだ」

「その、みごとな推理をお話しください」

「つまりだな、銃を持った男が、若い女をおそって気絶させ、暴行におよぼうとした。そのとき、この若者があらわれて、女を助けようとむかっていった。しかし、銃にはかなわない。散弾をあびた。それでも、力をふりしぼって、相手の急所でもなぐったのだろう。きっと、そうにちがいない」

警官はとくいげに話し、だれもがうなずく。

「そうですね。それ以外に考えられない。しかし、身の危険をかえりみず、悪にたちむかった若者。なんと勇気のある……」

人びとは金をだしあい、名もしれぬその若者の霊をなぐさめるため、小さな碑を立てた。

しかし、それでことがおさまるわけがない。なにもかも的はずれ。どの霊も浮かばれない。それに、ここは不吉な地点なのだ。また雪の降る季節になれば、わけのわからない妙なことが起るにちがいない。

いやな笑い

　夜の道。その男はいいきげんに酔っぱらっていて、よろけながら車道へ飛びだした。むこうから大型トラックが走ってくる。ブレーキやハンドルを動かすひまもない。ひとたまりもなくつぶされてしまう。

　しかし、その男は死なないのだった。彼の発明した、ある装置のおかげだった。タイムマシン。一年前の過去へ行ける性能のものだ。性能についてはその程度で満足し、もっぱら小型化への改良に努力した。ずいぶん小さくすることができた。彼は最後にそれを体内にうめこみ、死の瞬間に作動するようなしかけにした。

　すなわち、その男が死ぬやいなや、タイムマシンは性能を発揮し、時間の流れにさからって彼のからだを運び、一年前にもどすのだ。一年前の彼は健全であり、生命に異状なしということになる。

「やれやれ、むちゃなトラックめ。ひかれる前に番号をおぼえておいたぞ。こんどあったら、ただではおかない……」

男は自分の不注意をたなにあげて、つぶやく。しかし、ただでおかないといっても、口先でそう言ってみただけのこと。事故が発生するのはこれから一年後のことであり、その前にトラックをみつけても、怒るわけにはいかない。また、一年後には男のほうもそこへ行かないよう気をつけるから、事故でやられることはありえないのだ。

一年前にもどる時、自分の死についての記憶だけは残っている。ほかのことは、おぼえていない。からだひとつでもどるのだ。だが、はだかになってしまうわけではない。一年前の服装の自分になるというわけ。

景気の変動などおぼえていられれば、それで金をもうけられるのにと残念だったが、彼はさほどくやしがりもしなかった。金なんかなんだ。こっちには死なないという保証がある。

これを発明してからしばらくのあいだ、彼は毒性のある薬品の作用調査という商売をやった。飲んでみれば、それでわかる。どのような死に方をしたかはおぼえているから、それを報告すればいい。

「これを飲みつづけるとですな、十カ月後に、やせおとろえて死にます」

「いったい、だれに飲ませたのだ」

「それは商売上の秘密。しかし、現実にその遺族からの訴えが出ていないのですから、安心して下さい」

「本当に実験したのか」

「その点に関しては、絶対に確実です」

「わけがわからん」

あまり報酬がもらえず、いい商売とはいえなかった。すぐきく毒を飲んだりすると、毒を飲むはるか前にもどってしまい、やっかいなことになる。そんな場合、ぼんやりと時のたつのを待ち、毒を飲みかけ、あ、この作用だったのかと気づくことになる。

男は薬品試験の商売をやめた。死ぬ心配がないのだから、なにをやったっていい。前金で支払ってくれる仕事であれば。

たとえば、強力で危険な爆薬の輸送。前金にもらった金で遊びまわり、ぎりぎりまで引きのばし、それからやればいいのだ。うまくいけばそれでいいのだし、途中で万一のことがあっても、それはそれでいいのだ。

だが、なるべく犯罪的なことはやらないように、注意した。なぜなら、殺人をやったとする。すぐに逮捕され、すぐに判決があり、すぐに死刑なら、なんとかなる。刑の執行とともに、殺人以前の自分にもどれるからだ。しかし、裁判が長びくとどうにもならぬ。

やっと処刑されたはいいが、裁判中の自分にもどったのではしようがない。自殺への監視のきびしい留置場だったとしたら、同じことのくりかえしとなる。食事を拒否し、絶食による自殺という方法がないこともないが、死ぬまでのつらさを考えると、やる気になれない。いくら復活が保証されているといっても。

男はわが身にそなわったこの特性を利用して、思うがままに女遊びをした。深くつきあいすぎて、相手が別れてくれなくなるという心配などない。相手にあきたら、死ねばいいのだ。その女が悲しむということはない。彼は死とともに、あの女にあきて死んだのだとの記憶を持って一年前にもどるのであり、つぎにはその女とつきあわない。だから、その女の心を傷つけることは起らないのだ。

彼はむやみやたらに食べ、かつ飲んだ。不健康な生活ではあったが、それだからどうだというのだ。死ねばそれで、一年前の健康体にもどることができる。それから、あらためてからだに気をつければいいのだし、気をつけなくたって、どうってこともない。

「おれはえらいんだ……」

いつのころからか、男はそうつぶやくようになった。あまりにも多くの死を克服してきたためだろう。やったことの多くは忘れてしまっているが、なんでもできるのだという気分だけは、心のなかにつみ重なってきている。それがそうつぶやかせるのだ。

「おれはえらいんだ。あはは……」

大笑いをはじめるようになった。男にとって、世界は彼を中心に動いているわけであり、そのことを考えると、押えきれない笑いがこみあげてくるのだ。いつのまにか精神に異常をきたしはじめたのだが、それは当人の気づくところではなかった。

笑いはじめて一年半ほどすぎたころ、だれかが彼を病院に送りこんだ。しかし、手当てのかいなく、彼は笑い死にをした。といって、ことが終るわけではない。

「おれはえらいのだ。あはは……」

という一年前の状態にもどるのだ。大笑いの声は、一段と大きくなっている。だれかが病院に送りこむ。しかし、手当てのかいなく笑い死にを……。

彼が永遠の死を求めるつもりなら、体内のタイムマシンを取り出せばよかった。だが、狂った頭では、そこに気がつかない。あるいは、連続的に自殺をし、タイムマシン発明の当時にもどり、体内へうめるのを中止すれば、平凡な人生をやりなおせたかもしれない。しかし、その気にもなれない。

一方、運びこまれるどこの病院も、その男の体内にまさかそんなしかけがあるとは知らず、ありきたりの手当てしかしない。そのため、彼はまもなく笑い死にし……。

「おれはえらいんだ。あはは……」

この声はさらに大きなものとなってゆく。ある病院は、これでは他の患者たちの迷惑となる、さりとて、安楽死をほどこすのも気の毒と判断した。安楽死をさせても同じことだったが。

その判断にもとづき、男を冬眠状態にし、ある島に移した。あとでゆっくり治療法を研究しようというのだった。

二年ほどたち、冬眠状態をもとにもどしてみると、またも笑いだした。

「おれはえらいんだ。あはは……」

いかに手当てしても効果があがらず、医者はさじを投げ、しばらくの食料を残して逃げかえった。

男はそこで、一年半ほど大笑いしつづけ、笑い死にをした。しかし、死んでも、たちまち島で大笑いしている自分にもどるのだ。そのくりかえし。そのたびに、声と笑いは一段とはげしくなる。笑い声が前より小さくなることはないのだ。

だから、もしかしたら私たちの耳にも、いつかはあのいやな笑い声が、どこからともなく聞こえてくるようにならないとも限らないのだ。

うすのろ葬礼

小さなレストラン。昼食の時間にはまだ早いので、店内はすいていた。そこへ、二人づれの若い男が入ってきた。

ちょっとようすがおかしかった。一人はぐったりとしており、それをもう一人が抱きかかえるようにして入ってきたのだ。そして、入口のそばの椅子にかけた。

「酒を飲ませてくれ。ウイスキーでもブランデーでもいい」

それに対し、店の経営者である三十歳ぐらいの女が言った。

「お連れのかた、もう、ずいぶんお酔いのようね。こんな朝っぱらから。いいことではございませんわ」

客あしらいになれているためか、ふりの客を迎えても、遠慮のない口調だった。男は片手をあげて言う。

「たのむよ、酒がいるんだ」

「でも、その酔いかた。お顔の色も青ざめている。酒ぐせが悪そうだわ。あたし、知ってるの。それ以上に飲ませると、大声でわめいたり、あばれたりしはじめるにきまっているわ。そろそろお昼でしょ。そんなことになったら、お店が困るのよ」

「そんな心配はしなくていいよ。大丈夫だ。こいつは大声なんか出さない」

「だけど、飲ませないほうがいいと思うわ。お酒を売ればもうかるとわかっているけど、そのかたの健康によくないわ。そのまま連れてって、寝かせたほうが……」

「誤解しているようだな。酒を飲みたいのは、おれのほうなんだ。おれはまだ、ぜんぜん酔っていない。いまはたしかに昼間だ。しかし、一杯ぐらい飲んだって、どうってことはあるまい。おれの顔をよく見てくれ……」

　経営者の女は、その男を見た。

　うすのろとでも形容したいような、ぱっとしない顔つきだった。だまして酒を出させ、連れの男に飲ませてしまうようなことは、しそうになかった。女は笑う。

「あら、そうだったの。すっかり勘ちがいしちゃったわ。すぐお持ちしましょう。なにがよろしいの」

「ウイスキーの水割りをくれ」

「はい。で、そちらのかたはどうなさいます。酔いをさますのなら、コーヒーでも。それともレモンのジュース……」

「そんなしゃれたものはいらないよ。水でいい。こいつに水を飲ませなくてはならないんだ。末期の水を……」

「まあ、えんぎでもないご冗談を……」

「なにが冗談なものか。おれには、そんな気のきいた才能なんかない」

たしかに、どこかまの抜けた表情。

「まさか……」

女は手をのばし、なにげなく連れの男のひたいにさわってみる。そして、悲鳴をあげ、ふるえながら叫びつづける。

「……本当だわ。とんでもない話だわ。出てってよ。早く早く。こんなものを連れこまれたら、お店にお客が来なくなる……」

「しかし、死人には、末期の水を飲ませなければいけないとかいう話だ。また、お通夜には酒がつきもの……」

「なんでもいいから、早く出てって」

女は食卓塩をまき散らし、血相を変えてせきたてた。男は仕方なく連れをかかえあげ、出口にむかう。女はそれをうしろから押し出した。いや、突き飛ばしたといったほうがいい。死者は舗道の上に倒れ、頭をうった。

男は死者を引き起こし、その片手を自分の肩にかついで立たせた。

「ひでえ店だな。せっかくおまえに、末期の水を飲ませてやろうと思ったのに」

そして、もう一方の手をあげ、タクシーを呼びとめる。一台がとまり、とびらが開く。

「こいつを乗り込ませるのがひと苦労だ」

「どうかなさったんですか、そのかた」

運転手が聞き、男は言った。

「いま道に倒れて、頭を打ってね。もしかしたら、頭の骨にひびが入ったかも……」

「それにしては、血が出ていませんね。気を失っているようですな。タクシーなんかで運ばないほうがいい」

「なんに乗れというのだ」

「救急車ですよ。わかりきったことじゃありませんか」

「あ、そうか。いや、それはだめだ」

「こんな場合のために、救急車があるんですよ。早く病院へ運んで、手当てをしたほうがいい。だめだなんて言ってないで」

「もはや手おくれなんだ……」

そう言う男の顔を運転手は見つめなおし、つぎに連れのほうをのぞいた。そして、死者であることを知った。

「こりゃあ、ひどい。そんなの、乗せられませんよ。たまったものじゃない」

タクシーはあたふたと走り去った。男は舌打ちをし、つぶやく。

「乗車拒否をされたぜ。せっかくおまえを運ぼうとしたのに。よし、こんどはうまくやってやるからな」

またもタクシーがとまる。前回にこり、男は力をふりしぼって、死者を座席に運びこんだ。運転手が言う。

「どちらまで」

「この通りを五分ほど走ると、墓地がある。近くて悪いが、そこまでやってくれ」

車は走りだす。

「お墓まいりですか」

「じつは、こいつが死んじゃったんでね」

「面白いことをおっしゃる。あなたみたいなお客さんばかりだと、楽しいんですけどね」

「いや、あはは……」

男は笑った。冗談にしておいたほうがいいと、うすのろの彼も気づきかけている。

「……そうだ、埋葬にはシャベルがいる」

「あ、あそこに売ってますよ。わたしが買ってきましょう」

運転手は車をとめた。男が金を渡すと、買ってきてくれた。お客の冗談に進んで調子をあわせ、自分もすっかり喜んでいるといったところだった。やがて墓地につく。

「あ、そのへんでいいよ」

「埋葬ごっこのパーティーなんて、はじめて聞く。きっと変った人たちばかりが集るんでしょうね。見物したいものですな」

「そんなたぐいのものじゃないよ」

「よかったら、手伝わせて下さいよ。話のたねにしたいんです」

「そうかい。だったら、こいつを車のそとへ運び出すのに力を貸してくれ」

男に言われ、運転手は車から出て、足のほうを持った。その感触で、それが本物の死者だと知った。手をはなして叫ぶ。

「う。な、な、なんと……」

たちまち、まっさおな顔になり、運転席にかけ戻って、スタートさせる。その時、死者の片腕を後輪がひいた。骨の折れる音がした。しかし、死者だから血の出ることもない。

男は死者を抱きかかえる。

「片腕がぶらぶらになってしまった。しかし、もう少しのしんぼうだぜ……」

墓地のなかに運びこむ。ちょうど、あいている地面があった。

「……このへんがいいだろう。穴を掘るから、そこの石に寄りかかっていてくれ」

男はそうさせ、仕事にかかる。

その時、ひとりの老人があらわれた。ステッキを振りあげて、まず死者をひっぱたき、つぎに穴を掘っている男になぐりかかる。男は身をかわし、声をあげる。

「あ、あぶない。やめて下さい。あなた、気はたしかなんですか」

「なんてことを言う。わしは毎日、このへんの散歩を日課としている。どこがだれの墓地か、みな知っているほどだ。しかし、こんな日中に、墓荒しが出没するとはな。おとなしくしろ。こうみえても、なかなかの腕前なんだ。みろ、そいつは一撃でのびた」

老人はステッキをふりまわす。男は言う。

「ま、待って下さい。決して、そんな悪事など」

「そういえば、うすのろのような顔だな」

「でしょう。先に一撃をくらわなくて助かった。死ぬのは、やつ一人でたくさんだ」

「心配するな。わしが活を……」

老人はかがみこみ、死者を抱きおこし、あわてて声をあげる。

「……や、死んでいる。わしの腕がかくもすごいとは気がつかなかった。これは大変なことになった。おわびのしようがない。これから警察へ自首して出る」

「そんな必要はありませんよ」

「殺意はなかったとはいえ、わしはこの人を殺してしまったのだぞ」

「いいえ、そいつはさっきから死んでいるんですよ」

「なんだと。なぜ、それがこんなところで」

「死んだ者を墓地に埋めるのです。いけませんか。ふしぎですか」

老人は男の顔を見ながら言う。

「社会の常識というものを、まるで持ちあわせていないようだな。いいか、あいていても、ここの墓地には所有者があるのだ。勝手に埋めてはいかん」

「そんなこと、学校で習いませんでしたのでね。じゃあ、無縁墓地って、どこです」

「なんとなく、あつかいにくい人だな。いいか、都会地においてはだな、火葬にしなければ、埋葬してはいけないことになっている。わかるか。焼いて骨にすることだ」

「そうとは知りませんでした。教えていただいて、ありがとう」

「礼にはおよばん。わかればいいんだ。しかし、驚かされたよ。一時はてっきり、わしが殺したのかと……」

老人は急ぎ足で去っていった。あとに残った男はつぶやく。

「焼かねばならないとはな。しかし、ガソリンを買ってきて、ここで火をつけるわけにもいくまい。あ、あそこにマンションがある。そばにゴミの焼却炉みたいなものが……」

そこまで引きずってゆく。なかへ押しこもうとしていると、マンションの管理人に見つかってしまった。

「いいとしをして、そんなところでかくれんぼとは。危険だぞ。なかで焼け死んだって、責任はおわないから」

「わかってます。それが目的なんですよ」

「なんだと……」

目を白黒させる管理人に、男は言う。

「こいつを焼こうとしているんですよ」

「そんなことは許せない」

「あ、そうか。ただで使用しようというのじゃないんですよ。お金なら払いますから」

「なに言ってんだ。人を焼き殺すなんて、殺人だぞ。おまえ、正気か」

身がまえる管理人に、男は説明した。

「早がってん、なさらないで下さい。焼き殺すんじゃありません。死者を焼くんです。そこの墓地に埋めようとしたら、なまのままではいけないと教えられたのでね」

「頭のたりないやつほど、あつかいにくいものはない。焼却炉をそんなことに使われては困る。これはゴミを焼くためのものだ」

「じゃあ、こうしましょう。そこのゴミにまぜて、ついでの時に……」

「ばかげている。いいですか、見たところ、葬式もすんでないようだ。まず、それをやりなさい。それからですよ。焼くのは火葬場でだ。どこにあるかは、電話帳で調べればいい。早く葬式をやりなさい。こんなとこへ死体を持ちこまれちゃ、困るよ。さあ、早く」

「そこにローラースケートが捨ててありますね。くれませんか」

「捨ててあるんじゃなく、だれかの忘れ物なんだが、そんなことを言ってる場合じゃない。あげるよ。だから早く消えてくれ……」

管理人からそれをもらい、男は死者の足にはかせる。引き起こし、胴をかかえると、だいぶ運びやすくなった。

舗道の上を押し、大きなホテルに入る。男は死者をロビーの椅子にかけさせ、挙式受付という文字板の出ている係のところへ行く。

「式をおねがいしたいんですが」

「当ホテルをお選びいただき、ありがとうございます。さてと、宗教はなんでございましょう」

「よくは知らんが、仏教じゃないかな」

「けっこうでしょう。で、ご人数は」

「おれひとりだ」

「ははあ、二人だけの挙式というわけで。けっこうですよ。しかし、こういうお話は、ご婚約者のご意見もうかがいたいもので……」

「もうひとりなら、あそこにいるよ。しかし、もの言えぬやつなんでね」

「これは失礼。言語の不自由なかたとは存じませんでした。お許しのほどを」

「べつに、おこりはしないよ。もう死んでるんだから。あなた、さっきから、早のみこみをしている。やってもらいたいのは、葬式なんだ。簡単でいい。すぐたのむ」

「なんですって」

係はとびあがり、ロビーの椅子にかけより、そこに死者がいるのをたしかめた。しかし商売柄、いかなる異変にも対処できる心がまえを持っていた。ポケットから金を出し、男ににぎらせる。

「さ、これをどうぞ。棺おけ代のたしにでもなさって下さい。これで不足したら、またのちほど。とりあえず、早いところ、お引きとり下さい。さあ、さあ……」

そばにあった荷物運び用の車に死者をのせ、玄関のドアから押し出した。前は坂になっている。車はつっ走り、途中でひっくりかえった。やっと追いついて、男は助け起す。

「こんどは胸の骨が折れたようだな。痛がってわめかないだけ、ありがたいというものだ。棺に入れないと、式をやってもらえないようだな。デパートへ行って買おう」

「あの、ちょっとうかがいますが」

と男に聞かれ、デパートの店内案内所の若い女は、にこやかに応対した。

「なんでございましょう」

「売場がどこにあるかを……」

「当店にはどんな品でもそろっております。で、なにをお求めで……」

「棺おけだ」

「さあ、仏壇売場であつかってたかしら。ちょっとお待ちを……」

　女は電話をかけ、問い合せて答えた。

「……あいにくでございますが」

「だったら、木の箱のようなものでもいいんだがな。なにしろ、こいつを入れてやらなくちゃならないんで……」

「きゃあ……」

　叫びながら女は、反射的に非常連絡のボタンを押していた。店内監視員がかけつけてきて、小声で男に言う。

「悪ふざけは困りますよ。え、ふざけてるんじゃなくて、本当に死んでいるって。そんなこと、当店とは関係ない。変な評判をたてられるのが困るんです。迷惑です」

「しかし、どうしたものか……」

「あんた、社会人としての資格がないね。棺おけに入れる前に、医師の死亡診断書がいるんですよ」

「そういうものですか」

「そう、そう。少しだが、お金をあげる。こんないやがらせが流行したら、一大事だ。しかし、それにしては、それほど悪党づらでも、知能犯的でもないな。どういうつもりなんだ」

店内監視員は、男に金をにぎらせながらも、ふしぎがる。

「こいつの死んだのがもとですよ」

「なんでもいいから、早く出ていって下さい。医者へ行くことをお忘れなく……」

追い出された男は、ちょうどそのデパートの裏に診療所の看板をみつけ、そこへ死者を連れこんだ。

「先生、早いところやって下さい。お金ならこれだけあります」

「現金で先払いとは、いいお客だ。この商売、忙しくて予約制にしているんだが、たまたまほかに患者もなし。いいですよ。で、どうなさいました」

「医者へ行っても手おくれと思ってたんですが、ひとにすすめられて……」

「いいことです。現代医学の進歩はめざましい。しろうと判断より、専門家にまかせるべきです。どんなぐあいなんですか」

「じつは、死んでしまったのです」

「なるほど、なるほど。そういう症状もありますよ。なにしろ、複雑きわまる社会ですからな。むりもありません……」

　この医師、ノイローゼ患者を専門にあつかう、神経科医だった。企業の管理職、芸能界、文筆家たちのあいだで好評だった。時たまテレビに出演することもある。

「なにか死んだような気分になる。ありえます。緊張の連続は、精神を疲れさせ、安息を求める。やすらかな長い眠りをです。しかし、あなた、失礼ですが、あまり頭を使っているかたのようには見えませんな」

「そんなことより、早くお願いします」

「わかっています。おまかせ下さい。すぐよくなりますよ」

「本当ですか」

「ええ、わたしの名声にかけても……」

「じつは、死んでいるのは、おれじゃなく、あいつのほうなんで」

　男は待合室の椅子の上の死者を指さした。

「ここへ来るように言いなさい」

「だめですよ。やつは死んでるんだから」

「なんだと……」

　医師は近より、手をふれてみて言う。

「……本当だ。とんでもないものを持ちこみやがった。わたしは医学をやったが、血や死体がきらいで、この分野に進んだのだ。早くよそへ持ってってくれ」

「じゃあ、あいつは死んでるとの診断書を書いて下さい。それがないと、棺も買えず、焼くこともできない」

「いいか、ここではそんなことはやってないんだ。なんでこんなことを。ははあ、わたしの名声をねたんでいる、だれかのいやがらせだな。うすのろをおだて、こんな悪質ないたずらをしくみやがった。許せない。早く出て行け。さもないと警察を呼ぶぞ」

またも追い出された。男はローラースケートをはかせた死者を引っぱりながら、さて、これからどうしたものかと迷った。


一方、墓地へ死者を運んだタクシーの運転手は、驚きがおさまったあと、新聞社に電話をした。犯罪がからんでいるのではないかと思ったからだ。

新聞社はすぐ数名の記者をくり出した。乗せた場所、おろした場所に当り、死体の動きを調べはじめる。その報告が集ってくる。

しだいに、ようすがわかってきた。これは面白い記事になりそうだ。べつに犯罪とは関係なさそうだ。どうやら、世間の常識を知らぬ若者ということらしい。すぐに死体を捨てたり、埋めたりする、よくある事件とちがい、きまじめに、なんとかしようと持ち歩いている。その点、好感が持てるようだ。ユーモラスでもある。

都会には、孤独な若者がたくさんいる。社会のしきたりを知らないのがいても当然だ。こういう知識の普及も必要である。そこを強調してやろう。記者たちは、死者を連れた若い男のあとを追っている。

男はどうしたものやら、わからなくなった。

「弱ったね。どこでも、ことわられるばかりだ。死者のおさまる場所がない。みな、いったいどうしているんだろう……」

あれこれ考え、そして、うなずく。

「……そうだ。だれかほかのやつに押しつければいいわけだ」

そばに川があった。男はそのなかに死者をほうりこみ、大声をあげる。

「わあ、大変だ。身なげだ。だれか来てくれ……」

たちまち人だかりがし、さわぎとなる。

「どこだ、どこだ」

「あそこに浮いているぞ」

「警察へ電話だ。いや、救急車かな」

おせっかい精神の表面化。やじうまのなかの水泳に自信のあるのが川に入り、なんとか引っぱりあげる。だれかが口を出す。

「ぐったりしているぞ。人工呼吸だ」

「片方の手がぶらぶらだ。骨が折れているらしい」

「では、口うつしに息を吹きこんでみろ。そんな人工呼吸法があったはずだ」

「うっ。つめたくなっている。まず、あたためなければならないようだ」

「だめだ。すでに、こときれている」

などと話しあってる連中に、男は言う。

「そうですよ。ずっと前に死んでるんですから、いじってもむだです」

「おや、あなたじゃありませんか。身なげだと最初に叫んだのは」

「そうですよ。そいつにとっては、世をはかなみたくもなったでしょうよ……」

そこへ、新聞記者がかけつけてきた。やっと追いついた。ローラースケートをはいた、片腕が折れ、頭の骨も砕けているらしい、問題の死者だ。記者は男に話しかける。

「やはり、あなたですね。死者を連れて、街をほうぼう歩きまわったのは」

「そうです」

「ご感想をひとつ」

「死者に対して世の中がいかにつめたいか、身にしみてわかりました。末期(まつご)の水も飲ませてくれない。墓地へ行こうとすると乗車拒否。埋めようとするとおこられ、では焼こうとすると注意される。式もあげられず、棺も売ってくれない。医者からは追い出された」

「あなたは、ずいぶん熱心に動きまわったそうですね」

「ほっとくわけにも、いきませんものね。できるだけのことはしたつもりです」

「友情を重んじる性格ですな」

「いや、なんとかしてやろうと思ったまでです。こいつには、ほかに知人がいなかったので……」

「当局に要求したいことは……」

「犯罪の時、けがや急病人の時には、それぞれかける電話番号があります。犬やネコの死体の場合は、保健所に連絡すればいいらしい。しかし、友人が死んだ時は、どこへ電話すればいいんでしょう。ほかの人は、どうしているんでしょうか」

「そう、そう。その言葉を聞きたかったんですよ。社会通念の盲点とでもいうべきものですね。周囲と断絶し、孤独な生活をしている都会の若者。この事件は、その問題をどうすべきかという、重大な意味を持ちます」

「むずかしくて、よくわかりませんが」

「そういえば、あなたは、どこか抜けていますな。だから、こういう面白いことになった。もっともらしく仕上げるのは、新聞にまかせなさい。読者も喜ぶだろうな」

「しかし、まだ心配です。こいつを埋葬するには、どうやったらいいのか」

「ご心配なく。わが社が万事やってあげます。うちの、とくだねですからね」

「ほっとしました。しかし、とくだねにならない死者の場合だと、どうなるんですか」

「気にしない、気にしない。このキャンペーンで、死人発生専用の電話番号ができるでしょう。うすのろの人たちのためにね」

死体は警察に運ばれ、解剖された。あちこちにぶつかったため、頭の骨をはじめ、いたるところめちゃめちゃ。あたりさわりのない心臓麻痺（まひ）が死因とされた。

男から事情を聞いた警察官は、笑いながら言う。

「奇妙というか、傑作というか、前例のない話だ。熱心さはみとめるが、とぼけたやつだな。これからはよく気をつけろ」

警察を出た男はつぶやく。

「これで、やつも、おさまるべきところへおさまったようだ。聞かれなかったから答えなかったが、おれが頭をぶんなぐったため、やつは死んでしまった。その責任上、なんとかしめくくろうと、ずいぶん苦心したが……」

はじめての例

「うわさによると、あなたは悪魔を呼び出すことがおできだそうで」

やってきた老人が言った。かなりの年齢。歩きかたもおぼつかない。病気のせいか、声も弱々しい。

「まあ、そういうことになっております。いや、事実、悪魔に関する専門家です」

と男が答える。ここは彼の住居。明るく清潔で、きちんとしている。悪魔とはまるで縁がなさそうな印象を受ける。しかし、本人がそう称しているのだ。老人が言う。

「じつは、おねがいがありまして」

「なんでしょうか」

「小説なんかによく出てきますが、悪魔に魂を売るという話、あれは本当なんでしょうか」

「ええ、その通りです。しかし、正確にいうと、ちょっとちがう。悪魔と取引きをするわけです。悪魔は三つの願いをかなえてやると約束する。たしかにかなえてくれます。しかし、そのかわり、死んだあと魂を悪魔に渡さなければならないというしかけです。結局、売るのと大差ありませんな」

「なるほど、なるほど」

しきりにうなずく老人に、男は言う。

「だいぶご関心がおありのようですな。むりもありません、そのおとしではね。しかし、わたしのような専門家に言わせれば、それだけ不利というわけですよ。なにしろ、まず、若がえりということに、願いのひとつを使わなければならない。あと二つ。金と女でしょう」

「はじめて聞くことなので……」

「それと、あらかじめ言っておきますがね、悪魔のほうも、最初に制限を示しますよ。無限に関係したものはだめだと。時間的な無限、つまり不死の願いはおことわりなんです。また、金銭的な無限もだめ。全世界の通貨を一人に集めたら、世の中が混乱する。当人にとってもつまらないことです」

「それはそうでしょう」

「それに、三度目の願いで、あと二つ願いをかなえろというのもだめです。それをみとめたら、これも無限になり、きりがない」

「そうなったら、悪魔のほうも困るでしょう。わかりますよ」

「これがルールです。いずれは悪魔は魂を手に入れることになるわけです。一方、売手はその権利をいかにうまく活用するか……」

「ルールとはね。まるでゲームだ。なぜ、悪魔はそんな手のこんだことをやるのです」

「これが楽しいからですよ。ただ簡単に手に入れたのでは面白くない。このゲームで人間のおろかさを見物し、当人にいやな思いをさせ、そのあげく手に入れる。それがねらいなんですよ。くやしがりつつ死んだ魂のほうが、悪魔にとって貴重なんでしょう」

あれこれ説明する男に、老人は質問した。

「あなたは、いやにおくわしいんですね。ふしぎです。どこでそんな勉強をしたのですか」

「勉強なんかしませんよ。事情を打ちあければですね、かつて、わたしは悪魔の訪問を受けた。取引きをしました。これには勇気と頭脳と決断とを必要としましたよ。なにしろ、やつはなかなかのしろものですからね。多くの人は、ていよくごまかされてしまう。だから、悪魔の予想もしなかった願いを、ずばりと突きつける。これがこつです」

「で、まず、どんな願いを……」

「こうです。いますぐ、わたしを悪魔に関する専門家にしてくれと。やつはあわてましたね。こんな願いははじめてだと。しかし、約束は約束、それをかなえてくれました。これで、相手の手のうちがすべて読めた。だから、あとの二つも順調に進めることができた。つまり、いつまでも平穏に生活していられるのです。さっき言い忘れたけれど、以後、悪魔はこの願いも禁止ルールに加えてしまいました。一種の無限ですからね」

「そうでしたか。道理でおくわしいと思った」

「思わぬおまけもついていた。専門家になったため、いつでも悪魔を呼び出せるようになりました。ほかの人の依頼を仲介してあげられるわけです。ご希望の日に、おたくにうかがわせることもできますよ」

「それでは、ぜひ、お願いします」

「しかし、あまりおすすめできませんね。みな、悪魔とのゲームにすぐ負けている。若がえりの願いを口にしたとたん、青年になったはいいが、そこが死刑あるいは終身刑の独房だったりする。まわりに金塊をおけと願ったとたん、銀行の金庫室のなかの金塊のそばに、自分が移されたりする。こうなったら、大あわて。作戦が狂い、あとの二つはいいかげんなものになる。術中におちいった形です。まったく、悪魔の名にふさわしい」

「しかし、あなたは悪魔の専門家なんでしょう。その前に、なにか助言してあげたら……」

「それがだめなんですよ。専門家といっても、わたしが願った時代における悪魔の専門家。それ以来、やつも進歩した。人間たちが知恵をしぼって挑戦するから、悪魔のほうも、それに応じて、巧妙になる。社会が複雑になるにつれて、詐欺師(さぎし)の手腕が上るのと同じです。もう、わたしの助言も役に立たない。かえって、うらまれることにもなる。みるにたえない。こっちまで、悪魔になったような気分ですよ」

「そういうものですか」

「自分を悪魔にしてくれと願った人は、まだないようです。やってごらんになりますか。しかし、あんまりいい気持ちのものじゃないでしょうね。わたしにできる唯一(ゆいいつ)の助言は、悪魔との取引きなど、おやめなさいということです」

男はまじめな口調で言ったが、老人は従わなかった。

「わたしは決心したのです。ぜひ、仲介して下さい」

「そうまでおっしゃられては、ことわれませんね。いいでしょう。いつにします」

「今夜にでも」

「よくよくお考えになった上で、願いを口にするほうがいいですよ。さっきあげた例のように、どこかに、わながある。みな、それにひっかかり、よくない結果になっている。もう少し日をおいてからでは……」

「いや、今夜でけっこう」

「わかりました」

老人はそこを去り、自分の家へと戻った。

夜になると、訪問者があった。

「わたしをお呼びになったそうで」

年齢の見当がつかない、小柄な男だった。老人は念を押す。

「あなたが悪魔か。本物の……」

「すぐにわかりますよ。順に三つの願いをおっしゃって下さい。すぐかなえてさしあげます。無限に関する制限は、すでにご存知でしょう。さあ、第一の願いをどうぞ」

「まず、ウイスキーを一杯くれ」

「欲のないかたですね。さあ、どうぞ」

悪魔が出してくれたそれを、老人は飲み、そして言った。

「あいたグラスを片づけてくれ」

「はい。片づけました。しかし、いいんですか。それで二番目の願いは終りですよ。あとひとつしかないんですよ。ひとごとながら、はらはらする。いったい、どんなつもりなんです」

「わたしは好き勝手、思うがままに人生をすごしてきた。心残りはない。若がえって同じことをくりかえすのも、たくさんだ。金も女もむなしい」

「それだったら、なにもわたしを呼ばなくったって……」

「いや、関心の的がひとつだけあるのだ。わたしは死後の世界の存在を信じている。だから、死もそうこわくない。しかし、死んだあと、普通の連中と同じでは面白くない。変ったところへ行きたいとあこがれているのだ。死後を悪魔にゆだねてみたいとね」

「なんですって。変なやつがいるものだな。こんなのは、はじめてだ。しかし、ここまでやったからには、しようがない。では、最後の願いをどうぞ」

うながされて、老人は頭をかかえた。

「困ったことになったな。悪魔に魂を渡すことだけがねらいだったので、三番目は考えていなかった。なにかを出してもらい、他人に持ってかれるのもしゃくだし……」

「早いところ、三番目をどうぞ。わたしも忙しいのですよ」

せきたてられ、老人は言った。

「三番目の願いは、なしだ」

悪魔は消えた。

それ以来、老人はずっと死なずにいる。理由はいろいろ考えられるが。

黄色い葉

なんということもない日。

その青年は、街なかの通りを歩いていた。むこうから女がやってきて、青年の前でとまる。彼も立ちどまらざるをえなかった。女は言った。

「あら、ひさしぶりねえ」

二十四歳ぐらいだろうか。背のすらりとした、ちょっとした美人だった。悪くない気分、と言いたいところだが、青年は表情を崩そうとしなかった。なぜなら、まったく記憶にない女性だったからだ。当惑していると、またも女が言った。

「あたしよ、春子よ」

春子という名の親類や知人はいる。しかし、この女は、そのどれでもなかった。もしかしたら、一、二回ほど寄ったことのある、どこかのバーにでもつとめている女性だろうか。いやに、なれなれしい。

あらためて見なおしたが、水商売づとめらしくなかった。清潔感もある。どこで会った女なのだろう。青年はもどかしく思い、適当な応対のできないことが残念でならなかった。

「そのへんで、お茶でも飲まない。山口さん」

それを聞いて、やっぱりと彼は思った。山口は自分の姓でない。相手の人ちがいだったようだ。しかし、このまま別れてしまいたくもなかった。急用もなく、彼は時間を持てあましていた。

「そうですね」

と応じ、二人はそばの喫茶店に入った。静かな音楽の流れる、落ち着いた好ましいムードの店だった。しかし、人ちがいと知った上でのことなので、話題を発展させようがなかった。女が首をかしげながら言う。

「どうかなさったの……」

「いや、べつに」

「だけど、なんか変よ」

「こないだ交通事故にあってね。軽い記憶喪失と診断されて……」

青年は、その場で思いついた出まかせを言った。彼にそんなうそをつかせるだけの魅力が、その女にあったのだ。

「あら、そうだったの。ちっとも知らなかったわ。大変だったのね。早くよくなってね。お手伝いするわ」

「たのむよ」

「いまのあなた、どこかずれてるわ。あたし、以前のあなたのほうが好きよ」

「そうなるよう努力するよ」

「一週間後に、またここで会わない」

「うん」

別れたあとも、青年の心には彼女の印象が残った。頭のなかで、第一印象よりさらに美しく変化してゆく。それは、この奇妙な出会いのせいかもしれなかった。なぞめいた点の多いところがいい。

つぎに会った時には、さらに楽しかった。初対面のかたさがとれる。記憶喪失ということで、女はなにかと気づかいを示してくれた。青年は彼女との会話のなかの、山口なる人物の特徴に関係した部分に、とくに注意した。それをおぼえ、身につけようとつとめた。

好奇心は人を深みに引きこむ。青年は定期的に春子と会うようになった。会うたびに、彼女はより魅力的になってゆくようだった。胸がときめく。どうしたら、もっと

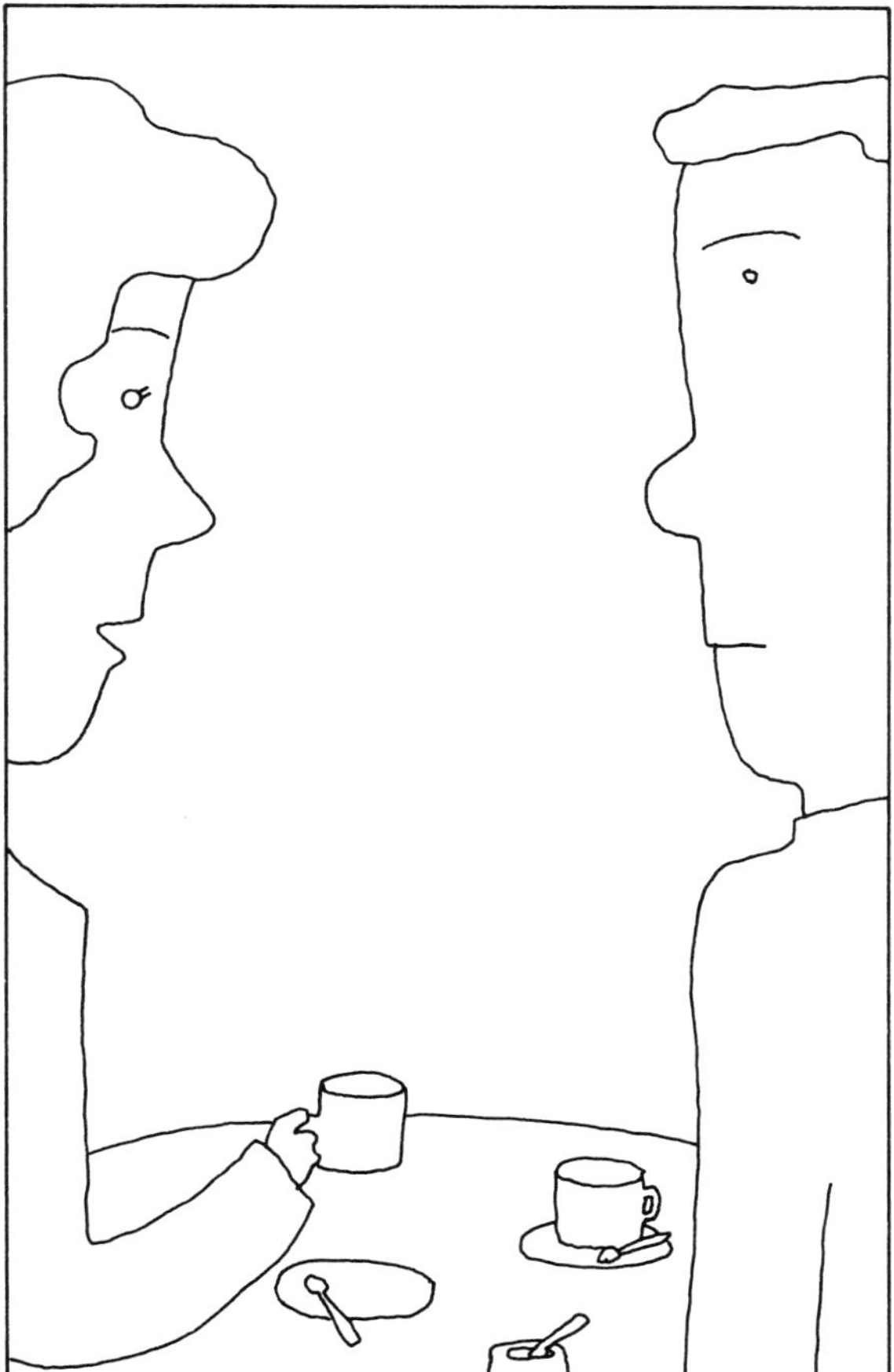

親しくなることができるだろう。

そんな思いにひたるようになったある日、青年が街を歩いていると、こんどは四十歳ぐらいの男から声をかけられた。

「おや、山口君じゃないか。どうしているんだ、このところ……」

「はあ。まあ、なんとか……」

またも人ちがいか。しかし、いい機会だ。自分に似ているらしい山口なる人についての、手がかりがえられるかもしれない。相手は言った。

「どうだい、そのへんで一杯……」

「はい……」

さそわれるまま、バーに入る。

「会社に戻ってくれる気はないかい。きみに去られて、あらためてきみの才能がわかったと、みんな言っているよ。まあ、そんな状態なんだ」

「そうしてもいいんですが……」

春子から聞いている、ひたいに手を当てるという、山口なる人物の癖をまねながら言った。彼は興味がわいてきた。現在つとめている会社の仕事は、そう面白いものでなかった。転職してみるのも悪くないかもしれない。また、春子の言う〝以前のあなた〟になれるかもしれないではないか。そんな気になった青年に、相手は聞いた。

「なにか事情でも……」

「事故にあいましてね。軽い記憶喪失。ですから、自信が持てないんです」

「そうだったのか。大丈夫だよ。やっているうちに、すぐもとのようになるさ。なにもかも」

「しかし、なんだか……」

「心配するなよ。まかせておけ。あしたの朝、このバーの前で会おう。いっしょに会社へ連れていってやるよ」

「よろしくお願いします」

あまり期待しなかったが、男の話はうそでなかった。翌朝、約束どおり男はそこで待っており、青年をあるビルのなかの会社へと連れていった。上役らしい人が言う。

「よく戻ってきてくれた、山口君。考えてみると、わたしも悪かった。反省している。過去のことは水に流して、いっしょに仕事をしてくれ」

「はい……」

過去を水に流すなど、簡単だった。なにしろ、青年はいきさつをまるで知らないのだ。こだわりようがない。その人は課長であり、青年はそこに所属した。

しだいになれてくると、働きがいのある会社とわかった。大企業ではないが、独自な新製品の製造販売をやっており、充実していた。青年は移ってきてよかったと思った。

オフィスのなかは明るかった。気分的にだけでなく、現実に明るかった。照明にくふうがこらされてあった。不必要と思われるところにも照明器具がとりつけられていて、かげというものがなかった。

もっとも、くまなくというわけではなかった。たとえば、廊下とか手洗所などは、他と同様だった。青年がなにげなく手を洗いに入った時、そこにいた同僚がただならぬ声で言った。

「おい、ひとのかげをふむな。気をつけろ」

「失礼。つい、うっかりして。しかし、なぜ……」

ふしぎがる青年の顔を見て、同僚は言う。

「なぜだと。あ、きみは記憶喪失だったんだな。仕方ない。まあ、こんご注意することだな」

「しかし、なぜ、かげをふんでは……」

「そとでならかまわない。だが、社内では許されないことなんだよ」

「どうして、そんなことに……」

「常識というものだよ。慣例だ、礼儀さ。礼儀に理屈はないだろう。これが守られなくなったら、社の統制がとめどなく乱れ、収拾がつかなくなるじゃないか。ね」

「そうかもしれません。それなら、ここや廊下にも、もっと照明器具をつければいいのに……」

「おいおい、きみは礼儀の表現の場を、まったくなくしてしまうとでも言うのかい。変なことは口にしないほうが、身のためだよ」

「そうですね」

青年は気をつけることにした。それぐらいのことで、この働きがいのある会社をやめたくはなかった。また、かげをふまないようにするのは、なれれば簡単なことだった。


一方、青年と春子との仲も、好ましい方向に進展していた。彼女は言う。

「このごろ、すっかりあなたらしさを取り戻したわね。たのもしいわ。すてきだわ」

「そう言われると、ぼくもうれしいよ。どうだろう、ぼくたち結婚しないか」

「ええ、あなたさえよければ」

「なんだか夢のようだな。ぼくはきっと昇進してみせるよ」

「あたしも、できるだけお手伝いするわ」

会社の常務の媒酌によって、二人は結婚した。新婚の楽しさのなかで、月日がすぎてゆく。


青年の会社での仕事は順調だった。熱心にはげむ。早く昇進することは、妻への約束でもあった。

同僚のなかに、ひとり同じく熱心で才能のあるやつがいた。競争相手というべき人物だった。しかし、ある日、そいつが事件を起した。課長になぐりかかり、課長は倒れて頭を打ち、廃人となり、退社していった。

非は課長のほうにあった。部下に仕事を命じる時、右手の中指で机を三回たたいてからという、当然の儀礼をおこたったからだ。これは大変な侮辱を意味する。

そのむくいを受けたというわけだった。しかし、なぐった当人も退職を命じられた。よほどかっとなったのだろう。左側からなぐりかかってしまった。右側からなら正当なことで許されたが、左側からだった。目撃者はたくさんいる。弁解や弁護の余地はない。だから、だれひとり同情しなかった。

そんなことで課長が空席になり、まもなく青年がその地位に昇進した。幸運といえた。それに感謝するため、彼は椅子の脚を五回、ていねいになでた。家へ帰って春子に昇進のことを話すと、とても喜んでくれた。

課長となって、なんとか部下たちを使いこなせるようになるには、いくらかの日数を要した。

部下のひとりが、どこからかかかってきた電話に応答していた。

「はい。わかりました。すぐまいります。覚悟はできています」

そして、机の上の整理をはじめた。青年は声をかけて聞いた。もちろん、自分の左手でにぎりこぶしを作り、それを開くという質問前の手続きをふんでからだ。

「おい。課長であるわたしにことわらず、どこへ行こうというのだ」

「この件だけはべつなのです。いま、わたしに召集があったのです。この命令が優先するのはやむをえません」

「そうだったのか」

「みなさんをまもるため、勇敢に戦ってまいります」

「しっかりたのむぞ……」

そう激励し、青年は小声でたずねた。

「……つまらんことを聞くが、召集はそのうち、わたしにも来るのだろうか」

「登録なさっておいでかどうかです。戦いに加わると、あとの人生が非常に有利になる。わたしは考慮したあげく、登録しておいたのです。戦うという行為に意義をみとめたからでもありますが、正直なところ、スリルを味わってみたい気も……」

「そういうものかね」

課のなかに、慣例にくわしい者がいて、見送りの儀式がおこなわれた。二列にわかれてむかいあい、腕を組んで歌をうたう。はじめて聞く歌だったが、おぼえやすく、すぐ合唱することができた。召集されたやつは、そのあいだを通って出ていった。

家に帰ってから、青年は新聞をのぞいてみた。ひさしぶりのことだ。会社につとめて以来、いそがしさもあって、新聞をほとんど読まない毎日だった。なにか紙面にそらぞらしさを感じ、読む気がしなかったし、また、読まなくてもすんでいるのだった。

紙面をめくってみたが、戦争に関することは、どこにものっていなかった。わが国ばかりでなく、外国どうしの戦争もなかった。しかし、きょう現実に、部下が召集されたのだ。やつは、どこかの戦線に参加したはずなのだ。それなのに、新聞にのっていない。いいかげんだ。だから、新聞など読んだってしようがないのだ。

ある日、青年が帰宅すると、春子が言った。

「だまっていたけど、あたし、あなたの昇進のために、いろいろ力をつくしているのよ」

「そうかい。ありがとう。で、どんなことだい」

「昼間だけということで、社長の愛人になったの……」

「なんだって……」

「そんなに大声で喜んでもらうことはないわよ。妻として、夫のために当然のことをしてるまでですもの。だから、あなた、会社でつまらない失敗をしないでね」

「そうだな……」

彼もそう驚きはしなかった。それぐらいのこと、なぜ驚かなければならないのか。ちょっと考えてみたが、その理由に思い当らなかった。

そんなことより、仕事にはげむべきだ。

青年の上役である部長のところへ、あから顔のふとった男が、よくたずねて来るようになった。しかし、なんの話もせずに帰ってゆく。

ふしぎでならない。青年は部下の女社員に質問した。

「あの人はだれだい」

「あれ、ご存知なかったんですの。あの人は死神ですのよ」

「あいつにとりつかれると、まもなく死ぬというわけか」

「まあ、そういったところですわ。だけど、正確にいうと、死期が近づいた人のところへあらわれるんですの。弱った動物を見つけ、砂漠の上空を舞うハゲタカのようなもの。ですから、あの死神を批難することはできませんわ。当人の寿命ということなんですもの」

「そういうことか。となると、部長もいやな気分だろうな」

「そんなこと、ございませんわ。だって、とりつかれた本人には、死神は見えないんですもの」

「しかし、だれかが部長に教えるかも……」

「課長さん、それをおっしゃることができますか」

「なるほど」

まともな人間だったら、そんな残酷なことのできるわけがない。周囲の者はそれとなく準備にかかった。部長から受けるべき指示は、気をきかして早目に受け、進行中の企画に一段落をつけるよう心がけた。

やがて、部長は急死した。当人にとっては急死だったが、みなにとっては予期されていたことだった。あわてたり混乱したりすることはなかった。

まもなく青年は、その後任として部長の地位についた。異例の昇進だが、妻の春子の働きによるものと思われた。

部長になると、女秘書をひとり専属にできた。さほど有能ではなかったが、かわいらしい女だった。仕事のあと、青年が誘うとついてきた。情事にふける。やがて、その女は妊娠した。

そのうち、妻の春子が出産した。退院の日に彼女は言った。

「あたし、社長のところへとどけてくるわ。これ、社長の子なんですもの。いずれ、あなたの秘書が子どもをうむわね。それをうちに引き取るわ。そのほうが、なにもかも自然ですものね」

「しかし、その子もかわいいじゃないか」

「だめよ、未練を出しちゃあ。社長に渡さなかったら、慣例を破ったとなって、大変よ。あなたの昇進のさまたげになるわ。それどころか、ラッツ教ののろいをかけられ……」

「残念だが、がまんするか」

やがて、女秘書から子がとどき、彼の家庭はにぎやかになった。

会社での仕事は、ますます順調。人事異動があり、青年は開発部長へ移った。新製品を作り出す部門で、働きがいのある重要な地位だった。

部下がやってきて報告した。

「以前からの研究が、やっと実を結びました。これです。まったく、実を結んだという形容がぴったりです」

「それはよかった。この目で観察したいものだな」

「屋上の温室で、試験をはじめます」

それは卵だった。それをていねいに土のなかに埋め、水をやる。一週間ほどすると、芽が出てきた。肥料をやる。この肥料の配合が微妙なのだそうだ。

芽は育って、黄色い葉をたくさんつけた。その葉は数カ月後に、緑に変色して散る。そのころには、茶色の花がしぼみ、実がいくつもなっている。それが卵なのだ。

「これで収穫というわけだな」

その卵を割ると、なかから青い水玉もようのハツカネズミが出てくる。これに味つけをして、カンヅメとする。この珍味に対し、ある外国から、かなりの注文があるはずなのだ。それについての市場調査はすんでいる。これで会社はますます発展するだろう。

いつか召集された社員が、帰ってきてあいさつに来た。

「ただいま戻りました。これからは社のために働きます。わたくしの留守中、部長に昇進されたそうで、おめでとうございます」

「戦争はどうだった。大変だったろう」

「それは戦争ですからね。遊びとはちがいます。わたしは山岳戦の特殊部隊に所属しました。バズーカ砲を使って、敵の戦車を何台もやっつけましたよ。もっとも、こっちも夜襲した時、待ち伏せにあい、機関銃の不意うちをくらい、一時はこれで終りかと思いました。夜の機関銃ぐらい、いやなものはない」

「そうだろうな。で、どの方面で戦ったんだね」

「軍の作戦行動は秘密です。へたにしゃべったら、軍法会議で罰せられます。情報部員がどこで聞いているかわかりませんよ。部長、もしかしたら、あなたが秘密情報部員じゃないんですか。そんな気がするなあ。昇進が早すぎる」

「そんなこと、答えられるわけ、ないじゃないか」

「当り前です。むだな質問でした」

帰還した社員は、頭をかいた。

卵の栽培が当り、会社の運営は好調だった。青年のところへ、部下がきて報告した。

「付属研究所で、爪(つめ)に色をつける薬を開発中です。月に一粒のめば、爪に色がつき、マニキュアが不要となる」

「いい着眼だな。色がはげるということもない」

「その過程で、ばかげた薬の発見がなされました。一時的に頭がおかしくなる作用のあるものです。まさしく、ばかげた薬。なんの役にも立たない。それどころか、へたに市販すると、犯罪に悪用されかねない。破棄したいとのことですが、よろしいでしょうか」

「そうすべきだろうな。しかし、どんな薬なのか」

「これです。一粒おいてきましょう」

部下が去ったあと、青年はその一粒を手のひらにのせてながめた。どんな効果があるのだろう。一時的といっていたな。好奇心を押えきれず、彼はそれを飲んでみた。

そばにあった新聞を手にし、目を通す。これまでのような、ずれた感じがなくなっている。読むと、いちいちもっともに思えた。自分のまわりのことが、なんとなく奇妙に思えてくる。

「ちょっと外出してくる」

「どちらへ」

女秘書にたずねられ、彼は答える。

「医者へ行ってくる……」

「……というわけなんです。どうなんでしょう。診断をお願いします」

青年に聞かれ、神経科の医者は首をかしげた。

「かなり重症ですな。だいぶ進んでいる」

「なおりましょうか」

「その結論の前に、いまのお話の最初のところを、もう一回くりかえして聞かせて下さい」

「ですから、みしらぬ女に道で会い、声をかけられて……」

「なぜ、その時に……」

「さあ、なんとなくその気になった。そうでも形容するほかありません。ぼくの性格なんでしょう」

「もともと、そういう傾向があったというわけですな。お気の毒ですが、もう手おくれです。いいですか、あなたは自分でその人生を選択なさったのですよ」

「では、もう正気に戻れないとおっしゃるのですね。いったい、これからどうしたら……」

「こうなってしまったら、無理をせず、いまのままでいたほうが……」

「かもしれませんね」

会社へ戻ると、薬の作用がきれている。秘書が、社長がお呼びだと告げた。

社長室へ行くと、青年は言われた。

「大事なおとくい先の、ナポレオン・ボナパルトさんが来社するそうだ」

「あ、あの神聖ローマ帝国の……」

「なにをかんちがいしてるんだ。きょうのきみは、少しおかしいぞ。ルーマニアの財閥の当主じゃないか。接待に手ぬかりのないようにな」

「わかりました」

彼は部長席に戻り、年配の社員を呼び、その歓迎の儀式について、あれこれ聞く。そして、必要な品の注文を発する。

「まっ黒なジュウタンがいる。細くて長い敷物だぞ。金色のヒナギクの花の模様のあるのを……」

いそいそした口調。生きて働いているというのは、楽しいことだ。

一家心中

「もうだめだ。にっちもさっちもいかなくなった。完全な行きづまりだ……」

部屋の中で、やせた小柄な男が言った。彼の妻はまゆをひそめて聞く。

「なんとか手の打ちようはないの」

「だめだ。ありとあらゆる方法を考えてみたが、もう、みこみはない。もとの景気に回復させることは不可能だ」

男は理性的な口調だった。それだけに、事態の悪化についての説得力は一段と強かった。彼はちょっと口をつぐむ。目に見えぬなにものかが走り抜けるような瞬間のあと、男は言った。

「こうなってしまったからには、生きているわけにいかない。死ぬつもりだ。おまえもいっしょに死んでくれ。そして、子供たちもだ……」

妻は青ざめる。しかし、取り乱しはしなかった。夫の性格についてよく知っている。さからってもしようがない。それに、いずれこう言い出すのではないかと、前々から予想はしていた。

「そうおっしゃったからには、あなた、その通りになさるつもりね」

「そうだ。おれはいままで、家庭内で決して無茶なことは言わなかった」

「ええ、あたしにとってはいい夫、幼い娘たちにとってはいい父親でしたわ」

「そのおれの、最初にして最後、一回きりのわがままだ。ひどすぎるとは知っている。しかし、おれのたのみに従ってくれ」

「あたしは覚悟してますわ。でも……」

「なにか不満でもあるのか」

「いいえ。死ぬのはしかたないにしても、自分をなっとくさせて死にたいの。あなたの口からその説明を聞いて……」

「娘たちはどうしている」

と男が聞いた。その時、さすがに彼の顔は少しゆがんだ。

「みんな、むこうの部屋で眠ってますわ」

「そうか……」

それについての会話は、これで終った。幼い娘たちに事情を話したところで、理解してもらえるわけがない。眠っているまま、苦しませることなく、あの世へ連れていったほうがいいのだ。妻はさっきの話のつづきを口にした。

「あなたのお仕事、宣伝に関することだったわけでしょう」

「そうだ。おれは宣伝の仕事が好きだった。ずいぶん熱心に働いたな。それがおれの生きがいだった」

「宣伝をしただけなのに、そんなにまでして責任をとらなければならないの」

「おれはそう思う」

「世の中には副作用をともなう薬もあるし、危険性のある家庭用品もあるわ。それで被害を受ける人もある。だけど、それらを普及させる宣伝を受け持った者が、そこまで責任をとった例なんて……」

「そういう弁解も成り立つかもしれない。あるいは、それで許されるかもしれない。しかし、なあ、おれは商品にほれこんでしまっていたのだ。金もうけだけの、いいかげんなうけおい仕事だったら、その逃げ口上をおれもしゃべるよ。だが、おれはそれ以上に深入りしてしまった。なんとしてでも、世界の一流品として売り込もうと、損得ぬきでのめりこんでしまったのだ」

「あなたって、仕事の鬼だったわね。男の人ってそういうものなの……」

「さあ、男がすべてそうかどうかは、おれにもわからない。いずれにせよ、おれはひたすら仕事にはげんだ。やりがいがあって、楽しかったな。なにしろ、たちまちのうちに、あらゆる人の頭のなかに、その名を押し込んでしまったのだから」

「あたしも思い出すわ。みごとだったわね。新聞、ポスター、電波、パンフレット、音楽、パレード、集会、パーティー、展示会、シンボル・マーク。はなやかな活気。少年、女性から老人まで、あらゆる年齢層に訴えかけたわね」

「あのころは、なにをやっても、面白いように効果があがった」

男は過去をなつかしむように、歌を口ずさんだ。かつて宣伝用に作った曲だった。こうなってしまった今も、そのメロディーだけは明るかった。それに気づき、男はにが笑いして口をつぐむ。妻が言った。

「あのまま、うまくいっていればねえ」

「世の中、そうはいかないものだったようだ。欠陥のない商品なんか、ありえない。あるとすれば、金銭ぐらいかな。金銭をあちこち動かし、地味で安全に利益を得ていれば、これは長つづきするだろう。しかし、あいにくおれは、そういう人種とちがっていた。特定の商品に、ほれこんでしまった。そのため、壁にぶつかってしまったというわけさ。それにしても、こんなに早くぶち当るとはね。万一の場合を考え、保険の意味で、ほかに何種かの商品を手がけていればよかったのかもしれなかったが……」

「あなたの性格じゃ、むりだったわ」

「そうだ。だから、おれはべつに後悔もしていない。おれは、これが世のためになると信じてやったことなのだ。結果は思わしくなかったがね。もっとも、そこが問題だ。世の人は、結果からしかものを見ない」

「あなたに言っても無意味なことはわかっているけど、夜逃げという方法もあるのよ。お金だってないわけじゃないし……」

「知っているよ。夜逃げするやつは、過去にもあったろうし、これからもあることだろう。しかし、おれはやらない。おれの立場、いや心境として、それをやるべきではないことも知っているのだ」

「いったい、有害な結果が発生した場合、責任を問われるべきなのは、商品のほうなのかしら、宣伝した者のほうなのかしら」

「それはわからん。いくら議論したって、結論は出ないだろう。あるいは、商品に飛びついた大衆に、最終的な責任があるのかもしれない。しかし、それはおれの口にすべきことではない。おれは宣伝をしてしまったのだ。そのつぐないをしなければならない……」

しばらくの沈黙の末、妻が言った。

「それにしても、子供たちまで道づれにしなければならないの。罪はないと思うんだけど。それなりの人生を歩ませてやりたいとも思うわ」

「そうも考えた。しかし、おれの宣伝した商品が不完全だったために、多くの家庭の幼い子供たちの命も奪ってしまった。そのことを考えると……」

「あなたって、ずいぶん責任感が強い……」

「強いのは、エゴイズムのほうなのかもしれないよ。そう批難するやつも出るだろうさ。なんだか、ずいぶん話しこんでしまった。もう、これぐらいで幕にするか」

「ええ」

男は部屋のベルを押し、医者を呼んで言った。

「すまんが、眠っている子供たちに注射をしてやってくれないか。苦しまずに死ねる薬をな」

「はい」

その医者を引きとめ、妻がたのんだ。

「その前に、あたしにその注射をしていただけないかしら」

「はい、奥さま」

注射を受けながら、妻が言った。

「人生をやりなおせるものなら、もっと別なものの宣伝をしたかったわね。ヒットラーなんかじゃなく……」

妻が息を引きとるのをたしかめ、ナチの宣伝大臣ゲッベルスは、拳銃(けんじゅう)で自分自身をうった。

つきまとう男たち

朝、おれが寝床のなかでうつらうつらしていると、入口のベルが鳴る。

おれは郊外にあるマンションの小さな部屋に住んでいる。つとめ人で、まだ独身。もっと気楽な生活といいたいところだが、毎朝このベルで目をさまさせられてしまう。もっと寝床のなかにいたいのだが、起きないでいると、ベルは鳴りつづけなのだ。

ぼやきながら立ちあがり、ドアをあけると、そこに立っている男が言う。

「もうそろそろ、お起きになりませんと、会社に遅刻なさってしまいます」

ネクタイをしめた、きちんとした身なりの男。もっとも、むりをしてそんな服装をしているので、どこかしっくりしない。目つきもよくない。それをかくすためか、伏目がちだ。苦心していねいな言葉を使っているので、ぎこちない口調だ。

「わかっているよ」

おれが答えると、男は頭を下げ、部屋のなかに入ってくる。そして、冷蔵庫をあけ、卵を手のひらにのせて言う。

「少し古くなっているようでございます。きょうあたり、新しいのをお買いになるほうがいいと……」

こいつは、おれがトーストとコーヒーと目玉焼とで朝食をすますことを、おぼえてしまっているのだ。

「そうするよ」

おれはフライパンの上で卵を割る。やつはのぞきこみ、安心の表情になった。コーヒーの湯のわくのを待つあいだに一服と、おれはタバコをくわえて、火をつけた。

「あ、朝食前の喫煙は、健康のために、なるべくならおやめに……」

「ああだこうだと、いちいちうるさいね。そのたぐいも、消化のために、いいことではないぜ。出てってくれよ」

「はい。では、またのちほど……」

男はドアをあけ、あたりに人影のないのをたしかめ、出ていった。おれは朝食をすませ、歯をみがき、ひげをそり、服を着た。出勤しなければならない。

いつのまにか、さっきの男がそばへやってきて、いっしょに歩いている。こう話しかけてきた。

「おや、お顔に傷が。カミソリの扱いにはご注意下さい。そこから病気の菌が入り、悪化したりすると……」

「たいしたことはないよ」

「しかし、万一ということも……」

男は歩きながら、カバンから薬を出し、ぬってくれた。十字路のある地点に近づく。男はかけ出し、横から車やオートバイの来ないことを確認し、おれに合図してくれる。だから、交通事故に会う心配はないのだ。そいつは、こうも言う。

「むこうの道を、おまわりになって下さい」

「なぜだ」

「この先でビルの建築工事がはじまりました。もし、上からなにかが落ちてきて、ぶつかったりすると……」

「そんなことで死んだ例なんか、あまり聞いたことがないぜ」

「しかし、万一ということもございます」

「わかったよ」

その忠告に従ってやる。おれは駅から、満員の通勤電車に乗り込む。そいつもあとにつづき、耳もとでこうささやく。

「どうぞ、もう少しなかのほうにお移り下さい。進行中に不意にドアが開いたりした

ら、大変なことになります」

「大丈夫だよ」

「しかし、可能性ゼロではございません。安全なほうを選ぶべきだと……」

「電車がゆれ、おれの手が窓ガラスを破り、それで大けがをすることだって考えられるぜ」

「そんな場合にそなえ、このカバンのなかには応急手当てのセットが用意してございます。この沿線、どこにどんな病院があるかも調べてあります」

会社へつく。男はカバンのなかから小さな品を出し、おれに渡して言う。

「これをポケットのなかにお入れになっていて下さい。製作を急がせていたのですが、やっと完成しました」

「なんだい、これは……」

「非常ベルでございます。緊急の場合にボタンをお押し下さい。その電波を受信し、わたくし、あるいはほかのだれかが、二分以内にかけつけます。身の危険をお感じになられたら、すぐお使いいねがいます」

「それはそれは……」

「では、お気をつけて……」

おれは会社のなかの、自分の机にむかう。しかし、これで解放されたというわけではない。となりのビルの一室、やつらはそこを借り切り、望遠鏡でおれを監視しているのだ。

おれは、自分でも優秀な社員とは思っていない。へまをやるし、上役によくおこられる。それは仕方ないが、そのありさまをやつらに見られているのだと思うと、あまりいい気分ではない。そういう点に関しては、やつらはまるで手を貸してくれないのだ。

「仕事のミスが少なくなったな。そのかわり、スピードが落ちたようだが」

事情を知らない同僚は、おれにそんなことを言う。

お昼になる。おれは食事をするために、会社を出る。またも男があらわれた。さっきのやつとはちがうが、一味であることに変りはない。そいつはおれにささやく。

「いつものレストランは、およしなさい。コックがかわりました。腕前はまだ不明です。また、ひそかに調査したところによると、調理場が清潔でなく、仕入れの材料も新鮮とはいえません」

「どうしてもその店で食いたいと主張したら、どうする。そして、万一、食中毒になったら……」

おれが思いついてからかうと、男は悲しげな表情になった。

「むりにおとめはいたしません。それにそなえ、食中毒用の薬品も用意してあります。しかし、わたしの身にもなって下さいよ。どんなにはらはらする心境か……」

「わかっているよ。ご忠告に従おう。で、どこの店ならいい」

「ありがとうございます。どうぞ、こちらへ……」

男はほっとした表情になる。

一日中、ずっとこんなぐあいなのだ。気づまりでしようがない。帰りに一杯やりたくもなる。しかし、そこでも同様なのだ。

バーのなかで、男は少しはなれた席につき、ジュースを飲みながら、おれから目を離さない。声をかけてみる。

「いっしょに飲まないか。好きなんだろう」

「好きは好きですが、いま飲むわけにはいきません。おわかりのくせに」

おれが出ると、やつも出る。

「お酔いになりましたな。足もとにお気をつけて。倒れて頭でも打ったらと思うと、気が気じゃありません」

「わかっているよ。大丈夫だ」

「酔っぱらいの大丈夫は、あてになりませんからね。わたしは神経がくたくたですよ」

そして、おれの部屋までついてきて、火の元やガス栓のしまつを確認し、引きあげてゆく。おれは言った。

「おやすみ。しかし、こんな生活、いいかげんで終りにしてくれないかな」

「そうはいきませんよ。ボスの命令なんですから」

おれが眠っているあいだも、やつらは休まない。交代したつぎの男が、近くで夜中じゅう待機しているにちがいない。この建物が火事にでもなったら、たちまち飛びこんできて、おれを助け出してくれるだろう。

ことの起りはこうだった。

ある日の夕方、おれが公園の池のそばに立っていた時だ。ひとりの紳士が歩いてきて、ベンチにすわっている男に話しかけた。

「お待たせした。ところで、例の件だが……」

しかし、返事はなく、紳士は男の手にさわり、すぐ大声をあげた。

「……や、これは、なんとしたことだ」

そして、うろたえたようすであたりを見まわし、おれが近くにいるのに気づき、おれを呼んだ。

「ちょっと、ちょっと。あなた、ここへ来てみて下さい」

「なんでしょう」

「この人は死んでいる」

おれは、ひたいにさわって言った。

「そのようですな。つめたい。救急車を呼びましょうか」

「もう手おくれだ。それに、わたしは変なことにかかわりあいたくないのだ」

「ぼくだってそうですよ。早いところ立ち去りましょう」

「それがいい。しかし、あなたと少しだけ話をしたい。時間はとらせない」

公園を出ると、喫茶店があった。椅子(いす)にかけると、相手は真剣な声で言った。

「わたしの立場を理解してもらいたい」

「なんです、あらたまって」

「いま、ベンチで男が死んでいた」

「そうですよ」

「あなたは、あの男をわたしが殺したのでないことを知っている」

「そうですよ。あんな大声は、演技じゃ出せません」

「ありがたい。あんなことに出っくわすとは、きょうはとてつもなく不運な日だった。しかし、あなたがいあわせてくれたのは、この上ない幸運……」

「なにがどうなってるのやら……」

「じつは……」

その紳士は事情を打ちあけた。彼は巨大な犯罪組織を支配するボスだった。そして、ベンチの上の死者は、それに対立する組織のボスだったのだそうだ。和解のために話しあうべく、公園で二人だけで会うことになった。

「……それが、あんなことになってしまった。このことが表ざたになったら、殺害ということで、ひとさわぎになる」

「そんなに心配だったら、警察へ届け出たらどうです」

「警察が苦手なことぐらい、あなたにもわかるでしょう。警察は、まずわたしを容疑者にする。留置されでもしたら、そのあいだに組織はがたがたになり、大損害だ。また、いいチャンスだとばかり、本部の書類の押収にかかるだろう」

頭をかかえる相手を、おれはなぐさめた。

「裁判の時に、ぼくが証言してあげますよ。あなたが殺したのじゃないと」

「しかし、それまでが大変だよ。待ってましたとばかり、新聞がでかでかと書き立てる。注目の的になっては困るのだよ、わたしのやっている仕事のたぐいはね」

「そういうものでしょうな」

「週刊誌のなかには、対立する組織に報復をそそのかすような記事をのせるのが出るかもしれない。だから、できるだけ表ざたにしたくないのだ」

「苦しいところですね」

「しかし、最悪の場合の用意もしておかなければならない。いよいよとなったら、あなたにわたしの無実を証言してもらいたいのだ。アリバイ工作が、できないわけじゃない。しかし、わたしの子分たちの証言となると、あまり信用されないだろう。そこへゆくと、あなたは善良な一市民だ。立派な証言となる。つまり、あなたはわたしにとって、かけがえのない人物といえる」

「そういえば、そういうことになりますね」

「あなたに死なれでもしたら一大事だ」

「そう簡単には死にませんよ」

「わたしは絶対にあなたを死なせない。わたしの組織の存在にかかわるからだ」

そのあげく、こんなふうになってしまったのだ。犯罪組織に追われるという男は、時どき小説やテレビにあらわれるが、その逆の形になってしまった。その犯罪組織は、おれの生命を心配してくれているのだ。しかし、こうまで徹底したものになるとは……。

何人かの子分が、おれの保護の仕事の専属となり、二十四時間、ずっとそれにかかりっきりだ。

おれは会社の上役に命ぜられ、地方へ出張することもある。そんな時も、組織の人員が三人ほどくっついてくる。

「旅行ぐらい、気ままにさせてくれよ」

「だめです。これはボスの命令なんですから。あなたにもしものことがあったら、われわれ、どんな処罰をくうことか。旅行先というものは、事故にあう率が高いそうです。だから、それだけ緊張します」

「肩がこる思いだぜ」

「緊張するのは、われわれだけ。あなたは気楽になさっていてよろしいのです。われわれがそばでそれだけ注意をしますから」

みな、目立たぬ地味な服を着て、おれにくっついてくるのだ。やつらにすれば、大っている。

変な努力だろう。犯罪組織のなかで、最も面白くない役割りにちがいない。おれは言ってみる。

「この地区での販売状況を調べるための出張なのだ。めんどくさくてならない。どうだ、手伝ってくれないか」

「それはだめです。金銭、物質、労力、いかなる形での援助もできません。ゆきずりの人の好意以上のものはね。それをやると、買収になります。うそ発見器であなたが調べられた時、買収されたという反応が少しでも出ると、証人としての価値がなくなります。あなたはこれまで、われわれに買収されたとお感じになったことがありますか」

「ないね。だいたい、少しもいい目に会ってないじゃないか」

「だから、いいのです。会社のお仕事は、ご自分でおやり下さい。われわれの組織にとって貴重なのは、あなたの生命だけなのです」

というぐあい。まったく、どうしようもないことなのだ。

こんな日がつづくのだから、おれだっていらいらしてくる。それを発散させようがない。バーで酔っぱらい、となりの客にからみたくもなる。

「いい気分でお酔いのようですな。しかし、世の中には苦しんでいる人もいるんですよ」

「なんだと。よけいなおせわだ。そんな文句は新聞の投書欄に送れ。それとも、けんかを売る気か」

「買えないでしょう」

「言わせておくと、不愉快になるばかりだ。よし、おもてへ出ろ」

しかし、それ以上には発展しないのだ。いままで知らん顔をしていた子分たちが、たちまち仲裁に入ってくる。

「まあ、まあ、まあ、まあ。許してあげて下さい。この人は酒ぐせが悪いのです。ご気分をなおすために、いいところへご案内いたします」

と相手にむかって平あやまり。どこかへ連れていってしまう。おれは組織にごちそうされたことがないのに。

残った子分に、おれは文句を言う。

「けんかぐらい、たまにはやらせてくれ。負けはしない。おれは柔道が強いのだ」

「なおいけません。生兵法（なまびょうほう）はけがのもとです」

「おれは、すかっとしたいのだ」

「がまんして下さい。万一ということもあります。すかっとしたいのでしたら、わたしをおなぐり下さい。それでお気が晴れるのでしたら、ご遠慮なく、思いきりなさってけっこうです。報告すれば、ボスからそれだけボーナスも出ます。さあ、どうぞ」

「そんな気になれるものか」

ボスが完全に支配している犯罪組織。その一員ともなると、このような妙な仕事もやらざるをえないのだ。おれは暴力団員に暴力をふるえるわけだが、こうご自由にとなると、ちっとも刺激がない。

最初のうちは面白くないこともなかったが、こうつづくと、うんざりする。バーの女をくどきたくもなる。しかし、たちまち忠告されてしまう。

「お願いです。軽率なことはおやめ下さい。あなたは、あくまで善良な一市民でいていただかなくては困るのです」

「じゃあ、女をせわしろ。組織の力を以てすれば、それぐらいはできるだろう」

「ちょっとお待ち下さい。ボスに聞いてみますから……」

子分は電話をかけに行き、戻ってきて報告する。

「……できないことはございませんが、やはり買収ということになりかねないので、思いとどまっていただきたいとのことです」

「それなら、どうすればいいんだ」

「恋愛なり見合いなりで、健全な結婚をなさるのが一番でございましょう」

「犯罪組織から、そんな忠告をされるとはね。こう監視されてちゃ、恋愛もできない。くそ、おれにはなにも許されないというわけか」

おれは石ころを拾い、どこかに投げようとした。たちまちとびつかれる。

「おやめ下さい。犯罪だけは困ります。警察につかまると、あなたは要注意人物になる。証人としての価値がへるのです。善良な市民でなくなります」

犯罪組織によって、がんじがらめ。おれはなにひとつ好きなことができない。いっそのこと、その組織の一員にしてもらえたらと思うが、とてもむりだ。そうなったら善良な市民でなくなるのだ。そのくせ、金をくれるわけでもない。おれには善良以外の、どんな行動も許されないのだ。

こんな生活は、もうたくさん。

しかし、このごろ、ちょっと変化があらわれはじめた。公園のベンチの死者、その支配下の犯罪組織が、うすうす事情を察しはじめたのだ。つまり、おれという唯一(ゆいいつ)の証人を消し、容疑者として、警察へボスを密告すれば、こっちの組織は一挙に弱まってしまうと。

それにはまず、おれを事故死に見せかけて殺すことだ。その計画を聞きこんだためか、おれのまわりのボディガードたちも強化された。人員もふやされた。しかし、むこうだって、だまってはいまい。プロの殺し屋をやとうことだろう。どこまでエスカレートするだろうか。

これは、ちょっとしたみものになりそうだ。命を賭けて見物する価値はある。やられて、もともとなのだ。

そもそも、あの公園のベンチの男。歩いていてぶつかったのが原因で口論となり、おれがかっとなって投げ飛ばしたら、打ちどころが悪くて死んでしまった。そこで、ベンチに腰かけさせ、そっと逃げようとしていたところだったのだ。

出現と普及

「エクトプラズムってものを知ってるか」

と博士はお客に言った。自宅の応接間での、ひとしきりの雑談のあと、話題を変えたのだった。お客は首をかしげる。

「さあ、聞いたことがあるような……。そうだ、幽霊写真だかにうつっている、白い気持ちの悪いもののことなんかでしたかな」

「幽霊写真とはひどい。心霊現象の写真と言いなさい。訳すと、外層物質となる。思念をこらした霊媒のからだから出るもので、テーブルを持ち上げたりすることもできる。あなたが見たのは、それをうつした写真のことだ」

「いずれにせよ、気持ちのいいものではありませんね。しかし、なんでそんな話をはじめたのです。その、エクトなんとかは、いんちきだという説もあるんじゃないのですか」

「いや、現実にあるんだ」

「信じられませんね」

「すぐ信じるようになるさ……」

博士はこう言いながら、椅子にかけたまま、部屋のすみの机に手をのばした。そこまで二メートルぐらいある。そこに手がとどいたのだ。いや、正確にいうと、博士の手の先から、白い流動的なものが伸び出し、長い手の形となってとどいた。

机の上にある容器からグラスに液体をつぎ、それを取り寄せ、二人のあいだにあるテーブルに置いた。白い手は、いつのまにか博士のからだのなかに戻った。

「さあ、どうぞ……」

博士に言われ、お客は意味のない叫び声をあげたあと、しばらくぼんやりしていた。信じられぬ現象。お客は部屋のすみと、目の前のグラスとを交互にながめ、おそるおそるグラスを持ちあげ、なかのものを飲んだ。それでやっと、いまのことが現実とわかった。

「い、いったい、なにがどうなったのです」

「だから、いまのがエクトプラズム」

「いつから、そんな心霊術を身につけたのです。この前にお会いした時には、そんなけはいなど、ぜんぜんなかった。それとも、変な霊魂にとりつかれたのですか。背中がぞくぞくしてきました」

　お客は青ざめ、少しふるえた。博士は笑いながら説明した。

「まあ、気を楽にしなさい。おばけでもなんでもない。これは、わたしの発明なのだ」

「発明ですって……」

「天然にあるものを、人工的に合成する。これが発明発見のひとつの原則。石がぶつかりあって火花を出す。それがライターとなった。コウモリは音波を出し、その反響を感知しながら、暗やみを飛ぶ。これがレーダーの原理に利用された。わたしはエクトプラズム現象を調べ、それを人工的に作り上げる方法を開発したのだ」

「そうでしたか。さぞ大変だったでしょう」

「そう言ってもらうと、うれしい。それは大変な苦心だったよ。しかし、現代の人は、むかしとちがって、発明発見の苦心談には、さほど感動してくれなくなった。新奇なものを、だれかが出現させても、当然のことのように思うだけだ」

「くやしいとか、残念とか、そんな心境なんでしょうね。お察ししますよ」

　とお客が言ったが、博士はにこにこ。

「そんなことはないよ。さほど尊敬されないかわり、現代では、すぐ大金が手に入る。

むかしは、発明家の死後、やっと製品が普及し、みとめられるという例が多かった。しかし、いまは特許をとれば、製品化したがる人がたちまちあらわれる」

「では、もう試作品が完成して……」

「そうだよ。さっきのグラスのなかのがそれさ。あなたも、いまやその能力を身につけた。効力は一週間。ちょうどいいところだ。それより長くても短くても、商品として売りにくいものらしい」

「すると、わたしにもいまのことが……」

「やってごらん」

博士にすすめられ、お客は部屋のべつなすみにある花びんに手をのばした。手の先からエクトプラズムの手が伸び出し、花をつまんだ。それを引き寄せてにおいをかぎ、また、もとへ戻した。

壁のスイッチを点滅し、カーテンを動かし、そんなことをくりかえすうちに、お客はしだいになれてきた。しきりに感心する。

「なるほど。面白いものですなあ。便利なことです……」

さっき青くなったことは、もう忘れている。なにかいじるものはないかと、壁に飾ってある皿に手を伸ばした。しかし、博士のエクトプラズムの手にたたかれた。博士は言う。

「それにさわるな。わたしの大事な高価な品だ。落して割られては困る。うむ。これからは、接着剤で壁にしっかりと固定しとかねばならぬな」

「そういうことになりますね。あはは、新製品の普及による、生活の変化というやつですな……」

お客は笑い、思いついた質問をした。

「……このエクトなんとかの手は、どれくらい伸びるのですか」

「二メートル半ぐらいまでだな」

「日常生活には、それで充分ですね」

「手が伸びるだけじゃないよ。ほかにも便利な利用法がある。あなたは、この人を知ってるかね……」

と博士は自分の頭の少し上を指さした。そこには、中年の男の顔が、エクトプラズムによって出現していた。お客はびっくりしたが、さっきほどではなかった。

「名前は知りませんが、いつか、ここでお見かけしたかたのような気が……」

「そう。これを製品化してくれる会社の社長だよ。あなたも、なにか思い浮かべてごらん。人間以外の動物だっていい」

「では、馬でも考えてみますかな」

お客の頭の上に、馬の顔があらわれた。博士は手をのばし、部屋のすみの机の上から鏡を取って、それを前に出した。お客はしばらく眺め、馬を白クマに変え、それから言う。

「これはいいや。小さな子供をあやすのにいい。もっとも、すぐあきちゃうでしょうね。なにしろ、ちかごろの子は、おもちゃなんか、ちょっと遊んで、すぐほうり出す」

「そんな、たあいない使用法だけではないぞ。たとえば、犯人の目撃者なんか、これによってモンタージュ写真以上に、はっきり警官に報告できる。また、青年が父親にだね、こんな女性と知りあいになりましたと、めんどうな説明ぬきで話せるというものだ」

「なるほど。そういえば、むすこさんはどうしておいでです。ずいぶんお会いしてませんが……」

お客に聞かれ、博士は答えた。思い浮かべるだけで、頭の上にその顔があらわれるのだ。

「こんなふうに、やっと大学生だ」

「だいぶ成人なさいましたね」

「いや、わたしから見ると、まだ子供だよ。で、あなたの奥さんは……」

お客は頭の上に、その顔を出現させた。

「あい変らず、若々しくお元気で、けっこうですな」

しばらく共通の友人の話がつづいた。あいつはどうしているだろうと言うと、最近に会ったことのあるほうが、こんなに貫録がついてきたよと、訂正して見せる。

「その人の電話番号をご存知ですか……」

お客が言うと、博士はエクトプラズムの手で、すぐにメモ帳を取り寄せ書いてくれた。もうなれてしまったお客に、博士が感想を要求する。

「便利なものだろう」

「それは、たしかです。しかし、こう申してはなんですが、これでいいんでしょうか。人間の生活を、さらに安易なものにしてしまう。人間が、ますますだめになってゆくのでは……」

「おいおい、平凡なことを言うなよ。いまのせりふ、なにか新しいものが出るたびに言われ、いいかげん聞きあきてるはずだぜ」

「そうでした……」

ご用件は

夕食後の時間。男は妻とともにテレビを眺めていた。日課のようなものだった。彼は帰宅の途中、酒や勝負事などで遊びまわらない。夕食はたいてい自宅でだった。

二人はマンションに住んでいた。部屋かずはそう多くないが、まだ子供がなく、せまくて不便という感じはしない。

テレビはなにか喜劇をやっていた。その、たわいのなさがいい。妻はお茶をつぎ、男はそれを飲み、寝そべるのに近い姿勢で、夕刊の紙面とテレビの画面とに交互に目をやっていた。よくある情景。

電話のベルが鳴った。男は立ちあがり、電話機のおいてあるとなりの部屋へゆく。あいだのドアをしめると静かになる。テレビの音声を小さくしなくても、電話の会話に支障はない。

「もしもし……」

と男は言った。いまごろ、だれからだろうと思いながら。相手は中年らしい男性の声で、事務的な口調だった。

「ご主人さまでいらっしゃいますか」

「そうだよ。で、ご用件は……」

「じつは、耳よりなお話をお伝えしようと思いまして。興味をお示しいただけることと存じます。いえ、お時間はとらせません。ちょっとのあいだでよろしゅうございます。わたくしの申しあげることを……」

「あいさつは、それぐらいでいいよ。いったい、あなたはどなたです」

「あ、これは申しおくれました。ある種のサービス業をいたしております。そして、その内容は、かならずやお喜びいただける種類のものでございまして……」

「あいにくだったな。それだったら、うちへ電話したのがまちがいというものさ」

「いえいえ、決してそんなことは」

「おせじを言ってもだめだね。そもそも余裕がないんだ。このマンションを買って一年半ほどになる。けっこう金がかかったよ。銀行への借金がまだ残っている。もっとも、これはまもなく返済がすむがね」

「貯金がないとおっしゃるわけで」

「そう、そういうことだ。お気の毒だったな。貯金がたまったころにでも、また電話してくれ。じゃあ、これで……」

どっちみち、たいした用件ではなさそうだ。男はそう判断したが、相手は容易にあきらめなかった。

「あ、ちょっとお待ちを。なにか勘ちがいをなさっていらっしゃる。わたくしを、別荘地か株券のセールスかなにかとお考えのようで……」

「ちがうかね。ほかの品だって同様だ。こっちはマンション暮し。余分な品物を買ったりすると、それだけ生活空間がせまくなってしまう」

「早がってんなさらないで下さい。そんなたぐいではございませんよ。生活空間をせまくするなんて。むしろ、その逆のようなしだいで……」

「思わせぶりな人だね。こんな、なぞなぞ遊びをやっているくらいなら、妻とテレビを眺めていたほうがいいというものだ」

「奥さまは、いま、おそばにおいでなのでしょうか」

「いや、となりの部屋でテレビを見ているよ。お笑い番組だ」

「それはけっこうなことで」

「そんなこと、どうでもいいだろう。いいかげんにしてくれよ」

「ごもっとも。しかし、まだ本題に入っておりませんが」

「そっちのせいだぜ。早くそれを言ってくれ。手みじかにだ。だらだらするようだったら、こっちは電話を切るよ」

「はい、簡単に申しあげます。つまり、奥さまを殺してさしあげますということです」

「なんだと。おい、たちの悪いいたずらなら、よしてくれ。冗談なら、いいかげんにしろ。ふざけるな」

「だいぶ、お驚きのようでございますな。むりもございません」

「すると、なにか。金を出せ、出さないと妻を殺すとでも……」

「いえいえ、よくお聞き下さい。ご依頼があれば、奥さまを殺してさしあげます。料金はあとからいただく。こう申し上げているのでございます。すぐのご返事は無理でございましょう。よくお考えになってみて下さい。明晩、あらためてお電話いたしましょう」

電話は切れた。しばらくのあいだ、男はぼんやりしていた。なにか、まだ悪夢のなかにいるようだった。男はテレビのある部屋に戻る。妻が言った。

「どこから電話……」

「なに、まちがい電話だ」

男はつとめて平静をよそおい、あっさりと答えた。いまの内容を、そのまま告げるわけにはいかない。つまらぬ心配をいだかせることとなる。教えないほうがいいのだ。しかし、と男は気にする。まちがい電話にしては、長く話しすぎた。そんな不審感を持たれたのではないかと。だが、テレビに熱中していた妻は、そんなけはいを示さなかった。

その夜、男はなかなか眠れなかった。いったい、さっきの電話はなんなのだ。だれのいたずらなんだ。男は小学校時代の級友をはじめ、会社の同僚、取引き先の人、知っている限りの、ありとあらゆるやつの名を頭のなかで並べてみた。しかし、それらしき人物は、だれひとり浮かび上ってこなかった。

あの声の主に記憶はなかった。それにしても、いやに事務的な口調だったな。だから、なにかのセールスと思ってしまった。しかし、まさかあんな内容とは……。

つぎの晩、また電話がかかってきた。

「ご主人さまでいらっしゃいますか」

「はい。あ、きのうの人……」

「さようでございます。いま奥さまは……」

「テレビのドラマを見ているよ」

「では、例の件について、お話をいたしましょう」

「いいかげんにしてくれ。こっちには、そんな気はないんだ」

「そうでしょうか。一応そうおっしゃるのも、むりはございません。しかし、こういうおさそいは、気がむいたからたのもうと思っても、おいそれとはいかないものでございますよ。それが、いまならスムースに処理できる。そこのところを、よくお考えに……」

「いったい、どんな方法でやるのだ」

「それは、場合場合に応じて、いろいろでございます。すきをみて、ぐさりとやる。そんな子供じみたことはいたしません。こちらは専門家。巧妙そのもの。新聞の社会面に大きく出るようなことなど……」

「そうだろうな」

「ご関心をお持ちになりはじめたようで……」

「そんなことはない。ちがうよ。だれもがするにちがいない質問をしたまでのことだ。おことわりだ。ぼくは妻を愛している」

「どなたさまも、まずそうおっしゃる」

「いいかね、きみ。これは犯罪だぞ。重罪に相当する犯罪行為だ。不愉快だ。こんないたずらをして、ただですむと思っているのか。それなりの覚悟をしておけ」

「いたずらではございません」

「だったら、犯罪だ」

「そうですかね」

そこで電話は切れた。男は怒りで、少しふるえた。顔もいくらか青ざめていたかもしれない。妻が言う。

「あなた、なんだったの」

「たちの悪いいたずら電話だ」

「だったら、警察へとどけといたほうが、いいんじゃないかしら」

「警察か。なるほど、それがいいのかもしれない」

警察、警察。男は口のなかでつぶやいた。翌日、男は会社からの帰りに、警察へ寄った。小さな部屋のなかで、男は警察官に事情を話す。

「……というわけなんですよ」

「なんとお答えしたものか。ねぼけたような話をされても困りますよ。ここは、まじめな警察なんですよ」

「しかし、たしかに電話で……」

「殺し屋が、電話で注文を取りにきた。それを、ありうることだと思うのですか」

「そうおっしゃられると……」

「世界一とはいえないまでも、わが国の治安はいい。それは警察機構のおかげですよ。そりゃあ、殺し屋の何人かはいるかもしれない。しかし、暴力団どうしの争いの時に動くぐらい。善良な市民に関連するなど……」

「たしかに変ですね」

「変とわかっていながら、なぜ警察に話しに来たのです。少しだけ質問させて下さい。あなたと奥さんとの間は、うまくいっているのですか」

「もちろんですよ」

「どなたも、そうおっしゃる。しかし、あなたの留守中、奥さんは自由に……」

「ぼくの妻に限って、そんなことはありません。ありえない。決して、ふしだらな女ではない。なぜ、そんなことをお聞きになるんです」

「ちょっと、参考までにです。あらかじめ、こういう話を計画的に作りあげ、話してまわるということだって、ありえないとはいえない。あなただって、推理小説の短編をいくつか読んだことがおありでしょう」

「え、なんですって。ひどい。あんまりだ。いくら警察は人を疑うのが商売とはいえ、なんてことを……」

男は警察官の質問の意味に気づき、どなり、少し涙を流し、がっくりし、また怒りがこみあげ、意味のない言葉を口にした。警察官はそれをなだめた。

「まあまあ、お気を悪くなさらないで下さい。警察はそれだけ、犯罪防止に神経を使っているのです。ゆきすぎた点があれば、おわびします」

「ぼくは、どうしたらいいんでしょう」

「あなたは、精神的に疲れておいでのようだ。ここへ来るべきではなかった。病院へおいでなさい。静養の方法についての、指示を受けるのがいい。まったく、いまの世の中、生存競争が激しすぎますからね。さっきなんかも、家の鍵をかけ忘れて外出したとの電話が。パトロールに寄らせたら、ちゃんと鍵がかかっていた……」

まともにとりあげてもらえなかった。男は帰宅する。

「おそかったのね」

「ああ、ちょっと仕事が長びいたのでね」

警察の話はしなかった。こりごりした。こっちが疑われ、しまいには変人あつかいされた。それをくりかえしたくない。すべてのことを、男は自分の胸に秘めておくことにした。夕食をすますと、またも例の電話がかかってきた。

「たびたびお電話いたしますが、そのご、お考えはきまりましたでしょうか」

「やめてくれ。これは明らかに犯罪だ。いずれ発覚するにきまっている」

「そういう軽々しい判断はよろしくございません。よくお考えになってみて下さい。わたくしがおすすめしても、そちらが承知なさらない。この場合は犯罪の発生しようがございません。また、そちらが承知し、ご依頼なさった場合、あなたが警察にとどけることなど、ありえない。実行する当方にすれば、なおさらのこと。発覚するわけがございません」

「それにしても、ふにおちない。なにかありそうだ。依頼の言葉を口にさせ、この電話を録音しておいて、あとでぼくをゆするとか」

「ごもっともです。どなたも、そのお疑いはお持ちになる。当然です。しかし、それは当方でも同じでございますよ。この声を録音されたら、大変なこと。まして、依頼を受けて、なにもせずにゆすったら、あなたはただの被害者。こっちはつかまり、有罪です。まるでひきあわない、ちゃちな犯罪。おわかりでございましょう。このたぐいのトラブルは、これまで……」

「すでに実績があるような感じだな」

「だからこそ、おすすめしているわけでございます。あやふやな自信では、お客さまに迷惑がかかりますものね」

「もう、これ以上なにも話さなくていいよ。たのむ気なんか、ないんだから」

きょうは男のほうから電話を切った。しかし、つぎの日の夕食後になると、またも電話がかかってくるのだった。

「いかがでございましょう。退屈しのぎのお話し相手に」

「いいかげんにしてくれよ。ぼくは妻を愛しているんだ。いまの生活に満足している」

「ははあ、マイホーム主義者でいらっしゃるというわけで」

「ばかにするな。ぬるま湯にひたって、いい気になっているわけじゃないぞ。妻に頭があがらんなんてことはない。自由を持っている。浮気だって、その気になれば……」

「よくおやりになる」

「いや、べつにいまのところは……」

「奥さんを愛していらっしゃるから」

「まあ、そんなところだ」

「しかし、完全な自由というのも、悪くないと思いますがね」

「そういう考え方もあるだろうな」

「そうそう、そこですよ。それをもう少し発展なされば、おのずから……」

「おっと、その手には乗らんよ。ぼくにそんな気はないんだ」

電話は終る。テレビのある部屋に戻ると、妻が聞く。

「なんなの、いまの電話」

「会社の同僚からだ。ちょっとした仕事上のことでね」

適当にごまかす。男はその夜、また眠れなかった。今夜に限らない。あの電話がはじまって以来、睡眠が不足がちだ。男は寝床のなかで、あれこれ考える。

おれはべつに美男子でもない。一流の大学を一流の成績で出たわけでもない。しかし、まあなんとかいまの会社に入社し、なんとか大過なくすごしてきた。

そして、あれは、いつだったかな。そうだ、二年ちょっと前の夏だった。大学時代の友人に招かれ、高原の別荘に行った。

そこで、ある女性を紹介された。すなわち、いまの妻だ。美人だった。ひと目みて、おれは熱をあげてしまった。それだけの価値のある女性だったんだ。おれが彼女にふさわしい男かどうかなど、頭に浮かぶひまはなかった。

燃えあがった炎は、とめようがない。恋だ。この女しかいない。おれは恥も外聞もなく彼女に交際を求め、一押し、二押し、正直なところ、なにがなにやらわからないほど夢中だった。

そのあげく、ついに結婚することに成功した。まったく、夢のようなことだった。社内でエリートコースに乗っているのでもないのに、おれといっしょになってくれたのだから。

このマンションの部屋を買ったのも、その時だった。銀行から借りた金でだ。おれは返済の自信がなく、妻にこう言ったものだ。

「いい部屋だ。しかし、おれの月給の大部分を、銀行への支払いに当てなくてはならない」

「あなたばかりに苦労はかけないわ。あたしもなんとか手伝うわ」

「とも働きか。だけど、きみにそんなことはさせたくない」

「つとめに出るってわけじゃないのよ」

「じゃあ、なにをやるんだね」

「このお部屋を使って、昼間、英語の塾をやってみようと思うの。このマンションのなか、あるいは近所に、英語の力を身につけたがっている奥さんたちがいるはずよ。夕方には、中学生がくるかもしれないわ。いくらかの収入になるはずよ」

塾というほどの規模ではなかったが、それでもけっこうお客がついた。妻の語学力はなかなかのものだった。つごうで仕事が早く終り、おれが帰宅した時、それを知った。たどたどしさのまったくない発音で、男女の中学生たちに妻が英語を教えていた。

また、妻はひまをみて、英文和訳、和文英訳の仕事を企業からとってきた。午前中はそれをやる。なんだかんだで、かなりの収入になった。そして、おれの帰宅する時には、すべて終って片づいている。

浮気するひまなど、妻にはないのだ。それは警察でもおれが話したことだ。おれにとって、現実に大事な妻なのだ。

おかげで、マンション購入の借金返済は順調。もう、そう月日はかからない。返済し終れば、それが貯金にまわり、余裕がふえる。いまさら言うまでもないことだが、妻はあい変らず美しいのだ。かけがえがないとは、こういう場合にこそ使う文句だ。

あの電話の殺し屋め、もっとも、本物の殺し屋としての話だが、とんだ見当はずれだ。よりによって、ここへ電話してくるなんて。

おれは妻を愛している。心からだ。いまの妻にいなくなられ、それ以上の女にめぐり会えるとは、とても思えない。生命保険。それだって、加入しているのは、おれのほうだ。妻に死なれていいことなど、ひとつもない。そんなことになったら、おれの人生はまっ暗になる。

男のそんな心境におかまいなく、電話はかかってくるのだった。

「いかがでしょう。ご決心は……」

「うるさい。まにあっているよ」

「まにあっていると申しますと、ご自分でなさるおつもりで。それはいけません。お支払いが惜しくなられたのですか。しかし、しろうとのかたがなさると、必ず失敗なさいます。そのいい例が……」

「だれが自分でやると言った」

「では、ほかの人にたのむのでございますか。それもよろしくございません。どんなところにご依頼なさるのか存じませんが、当方にまさるものが、あるとは思えません。おなじことなら、どうかわたくしどものほうへ……」

「ちがうんだ。妻はおれのいのちだ。なによりも大事なのだ。電話を何回してきても、むだだよ。注文をとるんだったら、よそへ当ってみるんだな」

「そうおっしゃられるまでもなく、営業活動はいたしております」

「いずれにせよ、むだだよ」

男は電話を切った。すがすがしい気分に、ならないでもない。相手の申し出を拒否することで、自分の妻への愛を、確認している感じにもなるのだ。

あらためて見なおすと、妻は若々しく美しい。ひと目ぼれした時と同じだ。そのうえ、上品で才能があり、なにもかも申しぶんないのだ。こんな人生を送っていられる自分の幸福。それを男はかみしめるのだった。

電話はかかってくる。

「まだお考え中でございましょうか。べつに値上げの予定もございませんが、どうせなら、お早くおきめになったほうが……」

「おそるべき話だ」

「なにをご立腹になっておいでなのです」

「いいか。きみは自分の言っていることがわかっているのか。これは人間の存在の根本にかかわる問題なんだぞ。人命というものは、なによりも尊い。悪のなかには、場合によっては許せるものもあるかもしれない。しかし、殺人だけは絶対にいかん」

「そういうものですか」

「きみは正気か。とても正気のさたとは思えない。殺人をそそのかすとは」

「そそのかしているのではございません。ご依頼があった場合に実行するというだけでございます」

「同じことだ。大差ない。人間というものについて、考えてみろ」

「道徳主義者でいらっしゃいますな」

「それでなにが悪い」

「道徳というものは、不変ではございません。時代とともに変るのでございます。江戸時代は、十両ぬすめば首が飛んだ。そんなに古くなくてもいい。性的描写が道徳に反し、法にふれた時期があった。それがどうです。需要があれば供給が発生し、適当に変るというものです」

「しかし、こと人間の命となると……」

「人類の未来をお考えになってごらんなさい。人口爆発による破滅はだれも口にするが、具体的な方策となると、だれもが……」

「そのためにやっているのか」

「いえ、べつに。こちらは営業でございます。ただ、こんな考え方もあるというだけのことで」

「そんな抽象的な議論をつづける気にならないよ。おれにとって、妻は具体的な存在なんだ。この世のなににもまさる宝なんだ」

男は電話を切り、テレビの部屋に戻る。妻が言う。

「なんだかしらないけど、毎日この時間になると、電話がかかってくるのね。どこからなの」

「同僚さ。仕事のことでね」

「どんな仕事のこと」

「うん、ただ、その取引きのことでね。このところ仕事がいそがしいんだ」

男はそれだけしか説明しなかった。まさか、ありのままを話すことなど、できるものではない。不審に思われてもいい。おれは電話の申し出を、ことわりつづけている。妻は知らないだろうが、おれはそれだけ深く愛しているのだ。そうでなかったら、あるいは何回目かの電話で、気が変ったかもしれない。

それにしても、あの電話の主、どんなやつなんだろう。本気なのだろうか。そうだろうな。なんとなく本物らしい印象を受ける。いやに落ち着いているし、ユーモアもある。そこが妙に印象的なんだ。一本調子のまじめな説得調だったら、おれもこうまで話し込んだりしなかっただろう。

またも電話がかかってくる。

「あの、たびたびで恐縮ですが、例の件についてで……」

「熱心なものだね。しかし、くどいよ」

「そろそろ、くどいとおっしゃるころだろうと思っておりました。あなたは、まさに難攻不落。とても無理だとわかりました。あきらめます。もう二度と、お電話はいたしません」

「そうかい。ありがとう。ほっとしたよ」

「しかし、これでお別れとなると、なんだか、なごり惜しいような気もいたします」

「そういえばそうだね。正直なところ、ことわりつづける気分も悪くなかった」

「もっとつづけてもよろしいのですが、こちらも営業。これ以上のことはむだとわかりました。あなたのお名前は、リストから消します」

「これで、ひと安心だな」

「念のために、最後にもう一回だけ確認させていただきます。ご承諾のお気持ちは、まったくございませんか」

「当り前だ」

「わかりました。これにて終りでございます。今夜から、ゆっくりおやすみになれるでしょう」

「そうだろうな」

「では、ごきげんよう」

そして、電話は切れた。

翌日も、翌々日も、電話はなかった。男はなにか物たりなかった。刺激的で、なぞのある、妙な日課のひとつがなくなってしまったのだ。その時間になると、ひとりでにそわそわし、電話はかかってこないのだとわかるまで、どうにも形容しがたい気分がつづくのだった。妻のすばらしさの確認もできなくなり、その点でもつまらなかった。

男は軽く、あくびをする。平穏な日々がもどってきた。ことがないと、日のたってゆく実感もない。

あの最後の電話から、何日目ぐらいだろうか。あるいは何週間目か。夕食のあと、電話が鳴った。男は受話器をとった。むこうで声がしている。

「もしもし……」

忘れることのできない声だった。いつかのやつだ。どういうことなのだろう。二度と電話してこないと約束したのに。しかし、なつかしいような感じもした。

「あ……」

男はその気持ちを短く声にあらわした。だが、相手は平然とした事務的な口調。

「奥さまをお願いいたします」

となると、これは勘ちがいだったようだな。男は妻に声をかける。

「おい、電話だよ」

「あら、そう……」

妻は立ち、電話のところへ行く。男はテレビを見ていたが、気になってならない。テレビの音を小さくし、ドアのすきまに耳を近づけた。妻の話している声が聞こえる。

「で、ご用件は……」

それは意外そうな感情のこもったものとなり、つづく。

「……なんですって。まあ、まさか。あら、そうなの。興味あるお話ね。考えさせていただくわ。そのうち、くわしいことをうかがうわ……」

部屋へ戻ってきた妻に、男は聞く。

「どこからだい」

「まちがい電話だったわ。わけのわからないことを言ってたわ。でたらめにかけた、いたずら電話のような……」

表情からは、なにも読みとれなかった。男はいやな予感を押えながら言った。

「そうかい」

夢のような星

ある日、宇宙の一角から、意味ありげな電波が地球に到達した。いや、意味ありげといったいいかげんなものでなく、内容のある通信だった。そのことが、しだいに判明してきた。

地球からその方角にむけて電波を発信すると、応答がある。それをくりかえしているうちに、意見の交換が可能となってきたのだった。相手はたちまち地球の言語をおぼえ、それで応答してくるようになった。

そこまでくると、もはや全世界の話題の焦点。テレビやラジオの局は、どこもそれを中継した。だれもが夢中になって耳を傾ける。

地球からの呼びかけ。

〈そちらの文明は、きっと高度なものなのでしょうね〉

〈そりゃあ、そうだ。はじめに呼びかけたのはこっちからだし、地球の言語を理解したのも、こっちのほうだ。あなたがたには、われわれの言語など、解読するのに何十

年もかかるだろうな。地球とやらの時間単位でだがね〉

宇宙空間を越えての交信だから、呼びかけと答えとのあいだに、かなりの日数を要した。その回答のある日になると、みな胸をときめかし、テレビやラジオの中継を待つのだった。地球人にとって、質問したいことは、山のようにある。

〈生活はいかがですか。快適なものなのでしょうね〉

〈ああ、まあまあだね。ご想像にまかせるよ〉

まかすと言われても、想像のしようがなかった。

〈人口爆発のきざしはないのですか。つまり、人口がふえすぎて困るという問題は……〉

高度な文明、快適な生活となると、人口もふえる一方ではないのだろうか。

〈そんなこと、まったくないね〉

その返答で、地球人の多くは、ほっとした。過剰人口のはけ口として、地球を占領しにやってくるのではないかという、だれもが心配していた不安が消えた。

〈公害問題はいかがです。空気や水がよごれるというたぐいは……〉

〈ないね。自然界はきれいなものさ〉

〈惑星の資源を使いつくしてしまうという心配はどうです〉

〈そんな心配など、したことないね〉

　そういったことを聞かされると、地球人たちは、心からうらやましがるのだった。

〈交通問題でお困りではありませんか。道路の混雑、交通事故など……〉

〈うまくいっているよ。そんな問題で悩んだことなど、まったくない〉

〈でも、犯罪はあるんでしょう。知能があると、悪事をたくらむ者が出ますからね。非行少年の対策など、どうなさっておいでですか〉

〈犯罪というと、ああ、よからぬ行為のことか。死語になっているので、まごついたよ。そんなの、一件もないよ。ドアをあけっぱなしで外出したって、なにもなくならない。だから、犯罪への対策など、不要というわけだ〉

〈よほど平穏なようですね。しかし、われわれの知識から想像すると、その平穏さにあきたらず、むりにでも反抗してみたくなる連中などが出現するのではないかと……〉

〈ばかばかしい。いるわけがない。そちらにはいるんですか〉

〈おはずかしいことですが……〉

　地球側はだれもが顔を赤らめ、反省し、おそるおそる聞く。

〈……となると、戦争の危機なども存在しないのでしょうね〉

〈戦争というと、大ぜいでやる殺しあいのことか。そんなもの、あるわけがない。だいいち、武器なるものが存在しないのだから〉

〈すばらしい。心から敬服いたします。で、いったい、あなたは毎日を、どのようにすごしておいでなのです〉

〈好きなことを好きな時にやる。それで一日一日が過ぎてゆく〉

地球側はため息をついて言う。

〈もう、うらやましいの一語につきます。どうやって、そんなすばらしい社会体制を作り上げられたのですか。お教え下さい。お願いします〉

〈他人に聞こうなんて、そういう安易な精神はよくないぜ。自分で考えるんだな。あなたがたの地球だって、そのうち、こっちのような状態になれるさ〉

ぜんぜん教えてくれない。いくらたのんでも、だめだった。地球人たちは、みな、いらいらし、なかには頭のおかしくなる者も出はじめた。理想的な社会が実在しているというのに、それがどうなっているのか、知る手がかりさええられないのだから。

〈しかし、なにか悩みはあるんでしょう〉

〈そりゃあ、あるよ。たったひとつだけだがね。もっとも、それがなにかは教えられないよ。悩みごとというものは、口にしたくない……〉

こう回答しながら、その星の住人はまわりを見まわし、にが笑いする。深刻で虚無的な笑いだった。たしかに悩みは存在している。ただひとつ。話し相手が、自分のほかに一人もいないことだ。

かつてはこの星も、さまざまな悩みをかかえこんだ、ありふれた星のひとつだった。それがある日、宇宙からの変な電波を受けて以来、みな頭がおかしくなり、その結果が人口の減少となってあらわれた。

そして、ついに最後の一人となってしまった。気をまぎらす話し相手がない。こんなふうに外部に求める以外には。

それに、こんなことになってしまった原因である、あの思わせぶりな文句。それを他の惑星にむけてしゃべりまくるのは、この上ない娯楽でもあるのだった。

幸運の未来

ここはあるビルの一室。エフ博士がこの一室を借り「未来診断研究所」という看板をかかげ、開業しての第一日目だった。したがって、彼は大いに張り切っていた。

ノックの音を耳にするやいなや、博士は自分で立ちあがってドアをあけ、せい一杯のサービス精神にあふれた顔と声とで迎えた。

「よくいらっしゃいました。さあ、どうぞどうぞ」

入ってきたのは四十歳ほどの男だった。室内をひとわたり見まわし、もっともらしくうなずいていたが、やがて言った。

「そとの看板を拝見してうかがったわけですが、早くいえば占いや予言のようなものですか」

「ええ、そういうことになりましょう。きっと、ご満足いただけることと思います。ところで、まず料金をお払い願います」

と博士は壁を指さした。そこには料金表がでている。男はその規定の金額を払いながら言った。

「割に安いようですな」

「はい。開業そうそうですから、サービス料金となっております」

「それはいい方針です。しかし、看板の文句はいけませんな。未来診断とは硬すぎます。占いなら占いと、そのものズバリで書くべきです。そのほうがお客にアッピールしますよ」

男の意見を聞かされ、博士はいやな顔をした。ほかのいいかげんな占いといっしょにされては迷惑だ。そこで、抗議めいた口調で言った。

「しかし、ここのはもっと科学的で、正確で……」

「効能についてはだれでも、自分のとこが最高だと主張したがるものです。ぜひ、書きなおすべきです」

「そういうものですかね。まあ、考えておきましょう。では、あなたの未来についての診断にとりかかるといたしましょうか。そこの椅子(いす)に横になって下さい」

博士は長椅子を指さしたが、男はそれにはかけず、そばにあった普通の椅子に腰をおろした。

「その前に、ご説明を願います。こちらでは、どんな方法で未来を予知なさるのですか。霊感によるものですか。ゼイチクのたぐいの器具を使うものですか。科学的とかおっしゃいましたが、手相や人相をコンピューターにかけ、統計的に割り出すという方法ですか」

なんだかんだと、うるさい男だった。だが博士は、ていねいに答えた。お客は大切に扱わなければならない。

「いや、まったく新しい方法です。わたしが独自に開発した催眠術による方法です。あなたはいま一年後にいる、と強い暗示をかけ、どんな状態にいるかを聞き出すのです。わたしはそれを記録し、あとで本人に告げます」

「なるほど、そんな方法があるとは知りませんでした」

「もちろん、普通ではできません。第一に、人びとは未来を知ることは不可能だという、強い常識にとらわれています。第二に、未来は知らないほうがいいのだという、強い抵抗を無意識のうちに持っています。そのため、いままでは手のつけようがなかったのです。わたしはこの殻を破る暗示法を完成したのです。二十年に及ぶ努力と苦心のあげく、やっとです。その大変だったことといったら……」

「たしかに新しい方法ですな」

「さて、さっそくかかりましょう」

博士はいそいそと用意をはじめた。だが、男は椅子から立ちあがって言った。

「よくわかりました。わたしはこれで失礼します」

「お待ち下さい。いったいなんのためにおいでになったのですか」

「じつは、わたしは占いの評論家になろうと思っているのです。新しく開店したのを知ると、ようすを見に寄ることにしているのです」

「しかし、料金をお払いになったのですから、未来を見てさしあげますよ」

「けっこうです。自分が深入りしては、冷静な評論ができなくなるそうですから」

男は帰っていった。それを見送りながら、博士はちょっと顔をしかめた。

「やれやれ、世間には妙な人もいるものだ。しかし、開店一番目のお客があんなやつとは、あまりえんぎがよくないな。いや、えんぎなどと、非科学的なことを言ってはいかん。ここは最も正確な未来診断研究所なのだ」

そのうち、つぎのお客が来た。三十歳ぐらいの女性で、悲しげな表情をしている。彼女は博士とむきあって椅子にかけるなり、めんめんと訴えはじめた。

「まあ、先生。聞いて下さい。世の中にあたしぐらい、不幸な者はないいんじゃないかと思いますの。なにから申しあげていいか……」

めそめそするのを、博士はさえぎった。ぐちを聞かされてはきりがない。

「まあまあ、落ち着いて下さい。自分で勝手に判断し、くよくよしてもはじまりません。未来に関しては、専門家による科学的な診断におまかせ下さい。さあ、そこの長椅子で……」

女は横になり、博士は自分が確立した一連の催眠術をおこなった。しばらくして、目をさまさせられた女は、心配そうに言った。

「どうでしたの。なにか、わかりまして」

「ご安心下さい。一年後のあなたは、しあわせそのものの生活です」

「だけど……」

「本当ですとも。ご主人は夢中になっていた競馬からすっかり足を洗い、まともな職におつきになっています」

女はちょっと驚いたようだった。

「あら、そのお話はまだしてなかったのに、よくわかりましたのね」

「そこがわたしの仕事ですよ」

「だけど、催眠術であたしの悩みを聞き出し、うまいことをおっしゃっているのじゃありませんの」

女はなかなか信じられないようすだった。よほど亭主を持てあましているらしい。

一年後に好転するとは、とても考えられないとみえる。博士はテープレコーダーを持ち出した。

「お疑いなら、一年後のあなたの声をお聞かせしましょう」

スイッチを入れると、テープは声を再生した。博士の質問に答える女の声は、

〈……いまのあたしですって。とてもしあわせだわ。夫は賭けごとをやめるし、ちゃんと働いてくれるし……〉

現在の女の声とはくらべものにならないほど、明るく楽しげな口調だった。

「ほんとだわ。あたしの声ね。すると、一年後にすべてがよくなるのね」

女は希望を取りもどした足どりで帰っていった。

お客はぽつりぽつりと訪れてきた。金融難に苦しむ中小企業の経営者もきたし、浪人中の受験生もきた。妻のよろめきに手を焼いている男も、なかなか昇進できない会社員もきた。博士はみな一年後を診断してやった。そのほとんどがいい結果だった。

「世の中はだんだん悪くなるのかと思っていたが、そんなこともないようだ。いまのテープを整理して保存しておいて、一年後にそれぞれの人に送ってやることにしよう。そうすると、わたしの予言が確認され、実績による信用がつくというものだ。二年目からはここも大繁盛、発展まちがいなしというものだ」

そんなことをつぶやいているうちに、またひとりの客が入ってきた。三十歳前後の男で、頭はよさそうだが、沈んだ外見だった。もっとも、現状に満足している者は、未来など気にしないものだ。男はためらったあげく言った。

「このところ、仕事が行きづまり、困っています。わたしは予言や占いのたぐいを信じないほうですが、思いあぐねて……」

「よそとちがって、ここは確実です。催眠術で一年後の本人から聞き出すのですから」

「しかし、確実となると、べつな不安があります。その一年後に不幸が待っているとしたら、知らないほうがいいかも……」

相当に弱っていた。博士は激励をかねて説明した。

「お気を強くお持ちなさい。一年後が思わしくないとわかれば、さらに精密検査をして、その対策を立てればいいのです。料金はそれだけお高くなりますが、幸福を手にすることを思えば安いものでしょう」

「その精密検査というのは……」

「十カ月後の未来、八カ月後の未来というふうに、順次に時をずらせ、その不幸の発生した原因をつきとめることです。それを消滅させればいい。いまのお仕事の不成功が原因なら、早く中止する。被害を最小限にくいとめられるというわけでしょう」

「それもそうですね。では、お願いしましょう」

博士は術をかけ、術をとき、男に告げた。

「ご心配はいりません。テープの声をお聞かせしましょう」

〈……研究は大成功でした。しかも、製品化も軌道に乗り、売れること売れること。いくら作ってもまにあわないほどだ……〉

喜びにあふれた声だった。それを聞いた男も、それまでと一変した元気な口調で話し出した。

「ということは、がんばって今の研究を続けるべきだということになりますね。希望がわいてきました。ありがとうございます」

「すばらしい未来ではありませんか。で、なにを研究なさっているのですか」

博士は参考のためにと軽く質問し、男は答えた。

「薬ですよ。現代社会では、人びとはしだいにみじめになってゆく。見るに見かねて、それを救う薬を作ろうとしているのです」

「どんな作用のものですか」

「つまり、それを飲むと自分の不幸を忘れ、こうなってほしいという夢を、現実のごとく感じる作用を持つものです。たとえば、家のない人が飲むと、豪華な自分の家を持ったように思いこみ、ぱっとしない男も、美人と恋をしていると思いこむわけです。大勢の人を救えるにちがいありません。しかし、一年後にはそれが完成し、だれもかれもが飲みつづけになるようですね」

男はとびはねるように帰っていった。あとに残った博士は、複雑な表情だった。きょうのお客は、だれもかれも一年後には幸運の心境になれるという結果だった。しかし、どうやら、それはいまの薬のためらしい。

殺意

夜、男は寝床に横になっていた。そばでは、彼の妻がだらしなく眠っている。白いブタとしか形容のしようのない女だった。ぶくぶくふとり、食欲がさかんで、無神経で、なまけものとくる。ふとるのも当然だった。楽しいことは、まるでなかった。この女との日々が、ずっとつづくのだ。

なんで、こんなことになってしまったのだろう。思いつめているうちに、内心のもやもやは、過去のある一時期にさかのぼり、そこで停止する。

そのころは、男も明るい人生のなかにあった。思いを寄せる、ひとりの女性が存在していたのだ。サツキという名だった。美しくデリケートで、高級ファッション雑誌のグラビアのなかにふさわしいような女だった。外見ばかりでなく、内面もまた好ましかった。ユーモアがわかり、それは上品な笑いとなって表情にあらわれる。大きく口をあけて笑うのでなく、たしなみと抑制がそこにあった。

男は彼女のことを思い、魅力的なメロディーを聞くような毎日をすごした。しかし、やがてその曲にも終止符がうたれた。

金持ちの黒津という青年が恋がたきとしてあらわれ、そいつが勝利者となり、サツキと結婚してしまったのだ。むりもなかった。はじめから勝負にならなかった。黒津はスマートであり、金があり、頭もよかった。それにひきかえ、男はあまりぱっとせず、そう優秀とはいえない、ただのつとめ人だった。しかし、残念であることに変りない。

回想がそこに到達するたびに、どうしようもなく殺意が高まってくる。やつのおかげで、おれはこんな女といっしょになってしまった。色の白いのだけがとりえだったが、結婚するとたちまちふとり、白いブタのようになってしまった。みにくさが一段と鼻につき、たえられない気分。

これというのも、あの黒津のやつのせいだ。やつの出現のおかげで、おれはこんな人生を押しつけられてしまった。ひどい。やつさえいなかったら、いまごろは……。しかし、やつは存在し、サツキを奪ってしまった。なぜ、おれだけが苦しまねばならないのだ。黒津だって、罰を受けるべきだ。おれの手で、それをおこなってやる。

殺意が、高熱の炎となって燃え、男は寝床から起きあがる。

「やるのだ。やらなければ、おれの気がすまない……」

　男は立ちあがってズボンをはき……。

「あなた、いいかげんで起きなさいよ。会社におくれるじゃないの……」

　女のどなる声。男は目をこすり、軽くあくびをし、目をあける。夢が終り、男はめざめる。白ブタのような女の、白ブタのような声は、ねむけを一瞬のうちに消してしまう。ぼやぼやしていると、何度も同じ声をあびせられる。それぐらいなら、起きてしまったほうがいいというものだ。伸びをし、つぶやく。

「ああ……」

「ぐずぐずしないでよ。さっき、なにかねごとを言ってたわね、なんなの……」

「知るものか。ねごとをおぼえているやつなど、あるものか」

　男は朝食をすませ、出勤する。さっきの夢のことを思いかえしながら。もう少しで、殺人をやってしまうところだったな。ほんとに、もう少しで……。

　だが、会社につくころには、それも忘れてしまっている。夢想にひたっていては、仕事にならない。つぎつぎに押しつけられる雑用をさばくのが、せい一杯なのだ。そして、いいかげん疲れて帰宅する。妻である白ブタのいる家へと。

いいことなど、まるでなかった。食事をし、夕刊を見て、テレビを眺め、やがて寝床につく。

こうして、一日一日が過ぎてゆくのだ。まったく、おれはなんという人生を送っているのだ。死ぬまでこれのくりかえしなのか。

こうなったのも、もとはといえば、あの黒津のおかげだ。思考はすぐその方向をたどってしまう。いいかげんあきらめたほうがいいと知りつつも、思いつめてしまうのだった。

最初はマッチの火ぐらいの殺意なのだが、たちまち燃えあがり、はげしい炎となり、彼をかりたてる。

「やらなければならない……」

男は寝床から起きあがり、ズボンをはく。それから、タバコを吸いながら考えるのだった。どんな方法で殺すべきか。発覚しないようにやらねばならない。

へんな小細工など、しないほうがいい。推理小説を読むと、へたに計画をたてたりするから、そのため、そこからぼろを出している。かえって、単純なほうがいいのだ。暗がりで待ち伏せ、ぐさりとやり、そのまま帰って、なにくわぬ顔で眠ってしまうほうがいいのだ。動機の線で追及しようにも、おれの名の出てくるわけなどない。金銭のかえることではないのだ。警察に聞かれ、サツキはなんと答えるだろう。

「主人は他人にうらまれることなど……」

そんな言葉だろう。おれがこうまで黒津をにくんでいることなど、だれも知らないのだ。不満が乱舞している、おれの内心を整理するための行為なのだとは……。

「きっと、胸がすっとするにちがいない」

男はつぶやき、上着をつけ……。

「あなた、いいかげんで起きたら……」

白ブタの声で、男は目をさます。やれやれもう朝かと、つぶやきをもらす。

「ああ……」

「また、ねごとを言ってたわ。すっきりするとかなんとか」

「そうかい」

「あなた、どうかしてるんじゃないの」

「そうかもしれない。どうも変なんだ」

「なにがどうなのよ」

「毎晩、同じような夢を見ているような気がする。どういうわけだろう」

「あたしにわかるわけ、ないじゃないの。お医者に行って、みてもらいなさいよ」

「そうするか……」

男は出勤する。夢については、会社にいるあいだ、忘れていた。しかし、帰りがけに思い出す。

「そうそう、病院へ寄るのだったな」

どんな病院に行ったものか、見当がつかない。結局、自宅の近所の病院に入り、診察をたのんだ。医者は言う。

「どうなさいました」

「じつは、ぐあいが悪いのです」

「もっと、具体的に話していただかないと困りますよ。熱はありますか」

「精神的な熱なのです。夜、寝床で、いつのまにか夢の世界に入ってしまうのです」

「だれだって、そうですよ。それ以外に、夢の見ようがないじゃありませんか」

医者は軽く言ったが、男は口調を強めた。

「そう簡単に片づけないで下さい。その夢が普通でないのですから」

「夢というものは、そもそも普通じゃないのです。しかし、一応うかがいましょう。お話しになることで、気が晴れることもある。どう普通じゃないのですか」

「人を殺しかける夢なんです」

「なるほど。しかし、よくある夢のようですよ。殺されそうになる夢だってある。だれともわからぬ殺人鬼に追いかけられ、めざめて汗びっしょりというのなど、よくある話でしょう。だから、その逆があっても、べつにおかしくない」

「先生、早のみこみをしないで下さい。それだけなら、べつになんということもないのです。つづけて、毎晩のように見るのです。最初は、ただ殺意をいだく程度でした。そのうち、しだいに具体的に進展し、実行の段階に移りつつあるというわけです」

「そうなると、ちょっと変っていますな」

「ちょっとといった程度のことですか」

「人間、だれにだって、きらいなやつはありますよ。たとえば、人使いの荒い上役、不愉快な同僚、はだの合わない隣人とかね。あいつさえいなければとの思いが、夢となるわけです。あなたの場合も、そうでしょう」

「まあ、そうです。しかし、その夢が連続し、進展するというのが気になって……」

「あなたは記憶力がいいのでしょう。夢なんてものは、めざめてしばらくすると忘れるものです。あなたはその点、他人とちょっと変っているわけです。記憶として心のすみにひっかかっているから、気になる。だから、つぎの日の夢につながってしまうのですよ」

「どうしたらいいんでしょう」

「気にしないことですな。どうってことも、ないじゃありませんか。夢のなかで人を殺したって。夢で剣豪となり、ばたばた人を切っている人だっているでしょう」

「しかし、気になるのです。なんとかなりませんか」

男にたのまれ、医者は言った。

「それでは、薬をあげましょう。新しい精神安定剤です。脳波を調節し、夢を見ないですむ作用があります。夕食後にお飲みになって下さい」

「そんな薬があったのですか。それを三日ぶんほど下さい」

その夜、男は薬を飲んだ。寝床に入る。そばでは白ブタのような妻が、のんきないびきをかいている。

いびきまでがブタのようだ。なんでおれは、こんな女といっしょになってしまったのだろう。面白くない。これというのも、あの黒津のやつが……。

だんだん精神が高ぶってくる。これまでの連日の加速度は、そう急には落ちないのだった。男は寝床から起きあがる。ズボンをはく、上着を身につける。なにもかも習慣のごとく動いた。

ゴムの手袋をはめ、鋭い先端のキリを持ち、そとへ出る。そして、暗がりで黒津を待ち伏せる。どこでどう待ち伏せるかは、すでに何回も考えてきたことだった。

そこへ黒津がやってきた。

突きさし、殺し、引き抜き、凶器とゴムの手袋を川に投げこみ、家に帰ってくる。

「あなた、いいかげんで起きなさいよ。ぐずぐずしていると会社に……」

台所のほうで、妻のブタのような声がする。うるさいなと思いながら、男はつぶやく。

「ああ……」

「板に穴をあけたいんだけど、キリがなくなっちゃったの。たしかにここへしまったはずなんだけど。買わなければ……」

そんな声をあとに、男は会社へ出かけるのだった。男はその日、すっきりした気分ですごした。

あと二日ほど、夢は見なかった。薬のききめのせいかもしれなかった。しかし、それが過ぎると、そうもいかなくなってきた。

夢に黒津の顔があらわれはじめた。うらめしそうな表情だった。

「あなた、いいかげんで起きたら……」

「ああ……」

男は目をあけ、うとうとしながら反省する。たしかに、黒津への復讐(ふくしゅう)は成功した。しかし、現実は少しも変っていない。白ブタのような妻は、依然としてそのままだ。なにも、黒津を殺すこともなかったのでは……。

会社へ出勤する。昇進したわけでもなく、仕事が面白くなったわけでもない。ただそこで昼間をすごし、帰宅するだけ。まったく、よくなったことは、ひとつもない。

その夜の夢に、黒津の顔があらわれた。きのうはだまったままだったが、きょうは夢のなかで声を出した。

「なぜおれを殺した。なぜ殺されなければならなかったのだ。なぜ……」

「あなた、いいかげんで起きたら……」

「ああ……」

夜の夢は、しだいに発達するのだった。眠ると黒津があらわれ、うらめしげに言う。

「おれを殺したからには、ただではすまないぞ。いずれそのむくいを……」

「あなた、いいかげんで起きたら……」

「ああ……」

男は寝床のなかで、あれこれ検討する。指紋も凶器も残してない。おれが犯人だとの証拠はなにもない。発覚の心配はないのだ。

発覚の心配はなかったが、夢のほうはそこでとどまっていてくれなかった。黒津があらわれて言う。

「いずれ、むくいを受けるぞ。おれの手によって……」

声ばかりでなく、触感も加わってきた。足首がにぎられた。つめたい手の、かなりの力によってだ。

つぎの夜の夢になると、つかまれる部分が、足首より少し上のほうに移る。それがつづくのだった。

「あなた、いいかげんで起きたら……」

「ああ……」

男は目ざめ、考える。予想もしなかった事態に進行している。あれがしだいに上部へと移ってくると、しまいには……。

また医者に行こうかとも思ったが、それはやめた。犯行発覚のきっかけになるかもしれず、それをたねに、ゆすられることになるかもしれない。

腹の部分をしめつけられるようになった。

「うう、やめてくれ……」

男は苦しげにうめく。


「あなた、いいかげんで起きたら……」

「ああ……」

男は目ざめ、ほっとする。

「なんだかしらないけど、うなされてたわよ。食べすぎかなんかじゃないの」

「腹のぐあいが……」

腹だから、まだいい。これが進んだら、どうなるのだろう。死へ引きずりこまれるのは、胸をしめあげられる時だろうか、首をしめられる時だろうか。

男は落ち着いていられなかった。黒津にのろい殺されるのかと考えると、いたたまれなかった。こんな殺され方をするくらいなら、自殺をしたほうがいい。しかし、その勇気もなかった。

男はそれにかわる行為をした。警察へ無署名の密告の手紙を出したのだ。だれが真犯人であるかについての。

夜、男が寝床のなかに入ると、刑事がやってきた。逮捕状を見せながら言う。

「黒津を殺した容疑で逮捕する」

「まいりましょう」

そして、取調べとなる。男はすべて自白した。凶器を捨てた場所を言う。その捜索がなされ、まもなく発見された。

起訴され、裁判となる。弁護士は精神鑑定を申請し、それがおこなわれたが、正常な判断の能力があると判定された。

判決がおりる。計画的であり、残忍きわまる犯行である。死刑もやむをえない……。

死刑囚として、男は日をすごした。逮捕されて以来、黒津の夢を見なくなった。その点、やすらかな日々だった。限られた日数ではあるが、やすらかな眠りだった。男はそれを、この上ない貴重なものとして味わうのだった。

しかし、やがて処刑の日となる。

「なにか言い残すことはないか」

「つまらない人生でした。死にたくはありませんが、悪夢の人生よりはいいかもしれません」

「妙な感想だな。おまえのような死刑囚は珍しい」

「いろいろとおせわになりました」

絞首台（こうしゅだい）の上にのぼる。目かくしをされ、首になわがかけられ、やがて大きな音とともに足の下の板がはずれる。落下感。落ちる、落ちる……。

「あなた、いいかげんに起きたら……」

「ああ……」

落下感により、男はめざめた。

「……夢だったのか」

「なにを、ねぼけているの。休日だからって、いつまでも眠ってられては、困るのよ。さあ、ぼやぼやしてないで……」

休日なので、することがなかった。ねそべり、テレビを眺めながら、ぼんやりと時をすごす。テレビの画面の上には、つぎつぎに美しい女が出てくる。若い女たちが……。

あんなに女性がいるのに、おれはなぜ、こんな白ブタのような女といっしょになってしまったのだろう。

夜になり、寝床に入っても、その考えはつづくのだった。なぜ、こんな白ブタのような女といなければならないのだ。むかしは、サツキという魅力的な女に、ひそかな思いを寄せたものだ。そこへ、黒津というやつがあらわれたため、すべてがだめになった。

にくいあいつを、このままほうっておいていいのだろうか……。

背中の音

郊外の駅のそばに、小さなおでん屋があった。五十歳ぐらいのおやじと、それより少し若いおかみさんとで経営している。

夕方、三十歳ぐらいの男が入ってきた。それを見て、おやじは声をかける。

「いらっしゃいませ。これはお珍しい。まったく、久しぶりのことで……」

「ああ」

「むりもありませんやね。いい奥さんがおありなんですから。会社の帰りに、こんなところで飲むことはありませんものね」

「ああ……」

「ほんとに、よくできた奥さんだ。このへんで、もっぱらの評判ですよ。おたくは大家族でしたね。ご両親が健在、弟さんがひとり、妹さんが三人。そんなところへ嫁にいらっしゃって、うまくやっておいでだ。いまどきの女性としては、珍しい」

ほかにお客はいなかった。おやじはしきりにほめ、男はうなずく。

「ああ……」

「もっとも、ご両親もご立派ですね。お父さまは、大会社の部長さんでしたね。古風なよさを残しながら、若い者の考え方にも理解を示すことができる。大奥さまも、しっかりしておいでだ。長男の嫁を、わが娘以上にかわいがっておられる」

「ああ……」

「弟さんは大学生でしたね。まじめな青年だ。兄嫁に対して、妙な気を起すことなく、ちゃんと敬意を払っている。兄弟で人生や社会を論ずることがあるそうですね。それも、軽薄にならず、といって、深刻にもおちいらない。ほどほどのところで、とどまっている。お父さまは、それをそばで、にこにことお聞きに……」

「ああ……」

「妹さんたちは、上のほうが純情で、下になるにつれ、お茶目……」

「ああ……」

「家庭内にいざこざなど、まったくない」

「そんなことはないよ」

と、男ははじめて首をふった。

「しかし、それは必ず、ちょっとした誤解にもとづくもの。いつも、だれかの力で理

解にいたり、めでたく解決。ほんとに、幸福なご家庭ですね」

「まあね。そんな話より、早く酒を」

男にさいそくされ、おやじは急いだ。

「これは失礼。さ、どうぞ、どうぞ。きょうは、ボーナスかなんか出たんですか」

「ああ……」

「それなら、まっすぐお帰りになればいいのに。なぜ、酔おうなんて気になったのです。あんないいご家庭に、波風が立ってはと、こっちの気がもめますよ」

「酔いたくなった原因ねえ。どう形容したものかな。わからないねえ。ぼくの心境。幸福すぎる、平凡、マンネリ。そう。なにか型にはまりすぎている感じ……」

「なるほどね。第三者から見ると、幸福そのものみたいだが、当事者にはそれなりの不満もあるというわけですな」

おやじは首をかしげ、男はうまそうに三杯ほど、つづけて口にした。

「たとえばだね。わが家の茶の間だ。しょっちゅう、だれかがそこにいて、お菓子をつまんで、お茶を飲んでいやがる。わが家庭のお茶の消費量は、かなりなものだ。そして、話題といえば、いかにおたがい理解しあい、愛情にみちているかを、確認するようなことばかり」

「だから、たまにはお茶でなく、お酒を飲みたくなる……」

「そういうわけさ。弟のやつが不良にでもなれば面白いんだが、せいぜいギターをひく程度。それも、古い童謡とくる。そりゃあ、両親は喜ぶよ。お茶目な妹が、それにあわせて歌いやがる。健全そのものだ」

「極楽に永住している感じですな。しかし、あなたも立派だ。よくつとめていらっしゃる。昼間は、企業という機構のなかの、ひとつの部品。帰宅すれば、家庭という機構のなかの、ひとつの部品。考えてみると、大変なことですね。そのつらさを、なんで発散なさっておいでなんです」

「なんにもない」

「しかし、気ばらしがないというのは、なんとなく異常……」

「そのせいかもしれない。いや、ちがうかな。よくわからないが、からだに異常がおこりはじめた」

「そうでしたか。やはり、いけませんな。胃痛ですか、心臓ですか、まさか狂気じゃないでしょうね」

「そんなたぐいじゃない。いぼのようなものが、背中にできた。痛くはないが、大きくなった。ちょうど、手のとどかない部分。よく見ることもできない。合わせ鏡でうつせばいいんだろうが、そんなのを家庭内でみつかったら、いまのムードがぶちこわしになる。そんなこともあって、久しぶりに酒を飲みたくなったわけさ」

「妙な症状ですな。好奇心がそそられます。見せていただけませんか」

「いいよ……」

男は上着を、つぎにワイシャツをぬぎはじめた。おでん屋のおやじは話しつづける。

「ボーナスの日の帰りに、酔って帰る。そこでひとさわぎ。しかし、最後にみな理解しあい、めでたく終るんでしょう」

「そうなるだろうな」

「家庭というものの持つ、おそるべき魔力。まさに、典型的なホームドラマだ」

「そんなことより、背中をよく見て、どうなっているか説明してくれよ」

男は下着をぬいだ。おやじはながめる。

「ううん。こんなものがね……」

「どんな感じだ」

「どう形容したらいいかな。第一印象として、さわりたい衝動にかられますね。さらに、ひねってみたくなる。なぜだかわかりませんが」

「いいよ、いじりたければ、いじっても」

「それじゃあ……」

ちょっとためらったものの、おやじは手をのばし、男の背中のいぼにさわり、ひねってみた。

男の頭のなかで〈ガチャッ〉というような響きがおこった。と同時に、男の顔はひきしまった表情になった。

そう聞くおやじに、男は言った。

「痛かったのでは……」

「勘定はいくらだ」

「もうお帰りなんですか」

「列車に乗らなくちゃならない。夜汽車だ。あばよ」

「カバンをお忘れです」

「そんなやぼなもの、持てるものか……」

男はおでん屋を出て、タクシーで駅にむかい、旅に出た。列車内で眠り、つぎの朝、下車。

ある港町だった。町はずれの丘にのぼってみる。景色は悪くなかった。波止場があり、中ぐらいの船が何隻かとまっている。倉庫が並び、むこうには灯台。海と空は青く美しく、カモメたちが舞っていた。

「いいところだ。ここにはロマンがあるにちがいない。いい気分だぜ」

男はつぶやき、夕ぐれとともに町へ戻り、一軒の小さなバーに入った。時間が早いせいか、ほかに客はなかった。

カウンターのむこうに、マダムがいた。二十六歳ぐらいか、美しく、気が強そうだった。しかし、どこか憂いをふくんでいる。過去にどんな人生をせおっているのか、なぞめいたムードを持っていた。

「お客さん、この土地のかたじゃないようね」

マダムはウイスキーをつぎながら言い、男はものうげに答えた。

「ああ、けさついたばかりだ」

「会社のお仕事かなにかで……」

「そんなものじゃない。なぜか、ふと旅に出たくなった。そういう性分なんだな。そして、この町で、むしょうにおりたくなった。ここに招き寄せられたような気分さ」

「まあ、面白いかた……」

マダムは、男の言葉の意味を判断しかね、あたりさわりのない応対をした。しかし、その一方、警戒心もいだいているようすだった。

そこへ、二人の若者が入ってきた。趣味のよくない服装で、飲みはじめるとすぐ、へたな歌を大声でわめきはじめた。

「きみたち、少し静かにしてくれないかね。せっかくの酒の味がまずくなる」

男はたしなめた。すると、二人の若者がからんできた。

「なんだと。やい、てめえは、どこの組の者だ」

「なんのことだ、その組とかいうのは」

「だったら、おとなしくしていやがれ。このへんはな、コロナ興業の縄張りだ。でかい顔をすると、ただじゃすまんぜ」

「どうなるっていうんだね」

「こうさ……」

二人は飛びかかってきた。男は身をかわし、ひとりをなぐりつけ、ひとりを投げ飛ばした。

「おぼえていやがれ……」

捨てぜりふを残して逃げる二人を見ながら、男はマダムに聞く。

「わけがわからん。どうなっているんだ。なんだい、あいつら」

「このへんを支配している連中よ。コロナ興業って、じつは昔、あたしの父が経営していたの。そのころは、まともだったわ。でも、父が病死したあと、共同経営者のひとり、悪いやつに乗っ取られちゃってね……」

「そうだったのか。気の毒だな」

「だから、いま胸がすかっとしたわ。あなたって、強いのねえ」

「さあ、どうかな」

「さっき、引き寄せられるような気分で、この町に来たって言ってたわね。もしかしたら……」

「おっと、あんまりせんさくしないでくれよ。今夜はまず、ホテルでひと休みだ。ついてすぐ事件に巻き込まれるなんて、早すぎる」

「そうも言っていられないんじゃないかしら」

マダムの声をうしろに、男は店を出る。夜霧が流れ、どこからか音楽が聞こえた。しかし、ムードにひたるわけにはいかなかった。男は暗がりからあらわれた数人に襲われた。三人まで投げ飛ばしたが、拳銃(けんじゅう)をつきつけられては、いちおう観念せざるをえなかった。しばりあげられる。ボスらしいのが命じた。

「こいつを、そこの倉庫のなかにほうりこんでおけ。手ごわいやつだから、気をつけろ。だれかひとり見張っていろ。目をはなすんじゃねえぞ」

裸電球のともる、倉庫のすみの椅子に、男はすわらされた。見張りの子分に話しかける。

「水を一杯くれ。逃げたりはしない」

子分はくんできて、飲ませてくれた。

「こう見張っているのは、退屈でならねえな。下っぱは、つまらん仕事しかやらせてもらえねえ」

「そういう一員も必要なのさ。だれもがボスになれたら、大混乱だぜ」

「それもそうだな。しかし、あんた、正体はなにものなんだね」

「コロナ興業とやらは、どう思ってるんだ」

「あのバーのマダムの、兄じゃないかとね。コロナ興業の死んだ前社長には、男の子があった。十五年ぐらい前に、勉強のためにと、都会へ出ていった。それ以来、連絡もなく、ずっと帰ってこない。アメリカに留学したとかいう、うわさもある。むこうの警察学校へ入ったとか。それが戻ってきたんじゃないかと、みな大さわぎさ。どうなんだい」

「さあね……」

男が言葉をにごすと、子分は顔をしかめた。

「なんだか、いやな予感がするよ。そうとなると、どう展開するか、目に見えてる」

「早く知りたいだろうな。で、はたしてそうかどうか。確認の方法はあるのかね」

「あるとも、背中にほくろがあれば、本物だ。気になるな。調べさせてもらうぜ」

子分はナイフで、男の服の背中を切りさき、のぞきこんだ。そこには、いぼがある。ついい、ひねってみたくなるのだった。

〈ガチャッ〉と音がし、チャンネルが切り換えられた。倉庫の戸が開き、数人の男たちが入ってきた。年配のひとりが言う。

「よっ、社長。こんなとこにおいででしたか。おふざけも度がすぎますよ。社長は、かけがえのないかた。輸入品の在庫しらべとかおっしゃって、お帰りがおそいので来てみると、暴力団ごっこ……」

男はとぼけた表情で答える。

「社長というものは、暴力団ごっこをしてはいかんのかね」

「ほかに遊びがないわけじゃない。ゴルフとか、宴会とか、政治家とのつきあいとか、ましなことをなさって下さいよ。それはともかく、早く本社へお戻り下さいよ。仕事がたまっております。社の軽飛行機が、そこまでお迎えに来ております」

「仕事か。つまらんが、しかたない」

スマートな軽飛行機は、男をたちまち本社の社長室に連れ帰った。ビルのなかの広い部屋。床には厚いジュウタン。男はその上で三回ほど、でんぐりがえしをやり、そのあと、ぬいぐるみの大きなクマを抱きかかえた。入ってきた専務が言う。

「社長、会議をお願いします」

となりが会議室。大きな机。役員たちはそのまわりの普通の椅子にかけるが、社長はちがうのだ。ズボンを下げ、特別にそこにとりつけられているピンク色の便器に腰をかけるのだった。そして、男は言う。

「最初はなんだい」

「アフリカで買い付けた鉱石の件です。もっと買いましたものか、それとも売りに出しますか」

「うん、うん。売りだな」

「子会社のオモチャ工場で、なにを作ったものかと迷っておりますが……」

「うん、うん。こういうのはどうか。ゲーム性のあるスポーツ用品だが……」

と、便器にかけた姿勢で、さらさらと紙に図を書いて渡す。専務はかしこまって答える。

「はい、さっそく指示いたします」

会議室につづく部屋では、女子社員が小声でささやきあっている。

「ふしぎなものねえ。うちの社長って、便器にすわると、みごとな才能を発揮し、必ず利益をあげ、いままで一度も損をしたことがない。超能力っていうんでしょうね」

「そして、それ以外の点に関しては、まるで非常識……」

会議は終り、男は社長の席、すなわち便器から立ちあがり、みなを見わたして言う。

「新しく社内規則をきめようと思う。会社内でお茶を飲むのは、赤い色の茶わんに限り、それ以外は禁止する」

「しかし、社長。社員たちの反対もあるでしょうし、いささか行きすぎかと……」

「いやならいいんだよ。わたしのほうが辞職する。だれか、なりたい人が社長になればいい」

「それは困ります。社長。わかりました。赤い色使用の方針を徹底させます」

便器にすわるこの男がいなくなったら、たちまち会社は倒産するのだ。みな失職となる。まさしく喜劇的な世界だった。

調査統計だの、研究開発だの、コンピューター導入だの、社内の統制だの、いわゆる企業に必要とされているものが、すべて無視されている企業。こんなものが、ひとつぐらいあってもいいのだ。

重役や社員たちの仕事は、社長が雲がくれしないよう、気をつけることだった。しかし、外出をむりに制止すると、社長はつむじをまげ、便器にすわらないぞと、だだをこねる。そのかねあいがむずかしい。

男は会社を出る。公園に入り、そこの池に飛びこもうとする。ひそかにあとをつけてきた秘書が、あわててとめる。

「社長、思いとどまって下さい」

と地面にすわりこんで、頭を下げる。

「あわてるな。自殺するのではない。池の金魚をつかまえてみたいだけなのだ」

「お気持ちはよくわかります。なさりたければ、社のプールに金魚を入れますから」

「いや、この池でやりたいのだ」

「そこをなんとか……」

へたをして警察につかまり、留置されでもしたら、会議の時、便器の上の超能力が何日か消え、大損失となる。

「とめるな。あのなまいきな金魚のやつらを、このままにしておけるか……」

秘書は必死にとどめようとする。もみあっているうちに、秘書の手が男の背中にふれ、服の上から、いぼを回した。


〈ガチャッ〉とチャンネルが換わった。

男は、そばの者の手を振り払い、かけ出した。思いつめた表情。走り方にもただならぬものがあった。容易なことでは追いつけない。

より細い道へ、明るさのより少ない道へと、男は進路をえらび、足音をたてないよう走る。逃げつづけなければならないのだった。追ってくる相手の人数は多く、決してあきらめてくれない。いつ、どこで待ち伏せしているかもわからず、どんな作戦でやってくるかの予想もつかない。男はただただ逃げまわり、一瞬たりとも油断できないのだった。そして、つかまったら最後、死。

夜になる。それはいくらか救いだった。暗ければ、それだけ目立たなくてすむ。相手の連中も、少しは休憩したくなっているのではないだろうか。

男は裏通りの、建物のかげに腰をおろし、ひと息ついた。昼間の疲れが、全身にひろがる。肉体も精神も、緊張の連続だった。いつのまにか、うとうとする。眠るな、眠っているあいだに襲われたら、どうする。それはわかっているのだが、ねむけは容赦なく押し寄せてくる。

「もしもし……」

声をかけられ、男は飛びあがった。

「知らない。おれはなんにも知らない。おれじゃない」

「なにを言っているんです。酔っているとも思えないのに。ねぼけているのですか」

「いったい、あなたはだれです」

と、男が不安げに聞くと、相手は答えた。

「刑事です。見まわり中です。尋問というわけではありませんが、なにかようすがおかしいので、声をかけたのです」

「刑事……」

ほっとしながらも、男は警戒の態度をゆるめないで聞く。

「……本物ですか」

警察手帳を見せ、刑事は質問した。

「なにか事情がありそうですね。お話し下さい」

「わたしは殺されます。助けて下さい」

「それは重大です。原因はなんなのです。いったい、だれに殺されるというのです」

「それは……」

そこで、男の声はつまるのだった。

なにもかも不運だった。ある犯罪組織が人を殺すのを、男は目撃してしまった。そして、目撃したことを、組織に気づかれてしまった。証人は消さなければならない。男の逃走の日々は、そこからはじまった。

ことは、さらに不運だった。凶行を目撃したショックで、それに関したこととなると、声が出なくなる。軽い精神障害による、一種の失語症なのだった。

「安心してお話し下さい。警察力がまもってあげます」

「それが……」

頭のなかにあることを、表現して他人に伝えられない。もどかしくてならないが、それが症状なのだった。刑事は言う。

「ふざけているのですか。人さわがせは困りますよ」

「いえ。本当なんです。助けて下さい。わたしは殺されるんです」

「そのわけを、お聞きしているんですよ」

「それが……」

声は空白となる。刑事は首をかしげる。

「こっちをからかっているとも思えない。とすると、一種の異常だな。被害妄想とかいうやつらしい。自分は他人を殺しかねないという精神異常なら、連行して保護する必要もあるだろう。しかし、被害妄想なら、ほっといても、社会に危険は及ばないだろう」

「助けて下さい」

「わかった、わかった。しかし、きみを助けるのは、警察でなく、病院のほうが適当なようだ」

ああ、またいつもの答え。男はこれまでに何回、警察へ行ったことか。そして、そのたびに、この返答を聞かされ、ていよく追い出されるのだった。友人に対しても同じ。やはり事件のこととなると、どうしようもなく声が出なくなってしまう。文字も、身ぶりもだめ、自分の立場を説明できないのだ。

だから、男にとって協力者はいなかった。ただひとり、逃げつづけなければならない。一方、犯罪組織のほうは大ぜい。おたがいに連絡をとりあっている。こんなに割りの合わない、危険なゲームはなかった。

「病院……」

と男は不安げに言う。病院にだって、敵の手は及んでいるかもしれない。それを考え、病院へ行くのも注意してきたのだった。しかし、きょうの刑事は親切だった。

「署と関係の深い、指定病院がこの近くにある。そこまで連れていってあげよう」

「お願いします……」

しかし、たぶんだめだろう。これも何回か経験していることだ。事件に関し、自分が失語症であることの説明ができないのだ。ただの被害妄想あつかいされ、適当に退院させられてしまう。もっとも、万一ということもある。男はそこに期待した。

夜にもかかわらず、刑事の顔を立ててか、医者は診察してくれた。聴診器を胸に当て、つぎに背中……。

「妙ないぼがありますな。こんな形のを見るのは、珍しい……」

医者はそれにさわり、まわした。


〈ガチャッ〉とチャンネルが換わる。

「ぼくは、こんなことで時間をつぶしていられない。さがさなければ……」

男は叫んだが、医者は鎮静剤を注射し、病室に運んで寝かせた。いまは夜、くわしいことは、あす調べればいい。

男は目をさます。若く美しい看護婦が入ってきた。男は言う。

「きみがここにいたとは。ぼくは、ほうぼうさがしまわった。運命とは皮肉なものだな。入院したおかげで、めぐり会えるなんて。それにしても、どうして、ぼくの前から姿を消してしまったのだ。愛を誓いあった二人なのに、なぜなのだ」

「あたし、あなたの愛が信じられないの」

「なぜ、そんなことを。ぼくの心のなかの人は、きみ以外にいないんだ」

「でも、あたし、見てしまったの……」

「なにを見たんだ」

「あなたが、かわいらしい女の人とつきあっているのを。何度もよ。あなたは、その人にやさしく話しかけ、お金をあげてたわ。だれなの、あの女の人……」

「それは……」

男はだまった。その女は、むかし父とある女性とのあいだにできた子。異母妹ということになる。しかし、そのことは父の遺言で、絶対に秘密にしなければならないのだった。公表すると、当人を不幸にする。

「はっきり話せないのは、そのかたが好きだからでしょう」

と看護婦が言う。男は愛する人に対し、愛を告げながら、それを信じてもらえず、ただくりかえして叫ぶ以外にないのだった。

「ぼくは心から、きみを愛している。信じてくれ」

「じゃあ、あたしの質問に答えて下さる。この病院には、自白剤があるのよ。その注射をした上で……」

「それは困る。信じてくれ……」

愛するとか信ずるとかの言葉がくりかえされ、時がたち、医者の回診の時刻となる。医者が入ってきた。診察しながら、背中のいぼにさわる。

〈ガチャッ〉とチャンネルが換わった。

芸能週刊誌の記者が病室に入ってきた。

「いかがです、ぐあいは。あなたは歌えなくなった。そのための入院といううわさですが」

男は否定する。

「そんなことはない。声が出ないかどうかは、いずれステージを見ていただければわかる。ちょっとした過労だよ」

「なんの過労なんです。このところ、そう仕事も多くないのに。みどり礼子との恋愛は、そのご、どうなんです。ここで、ひそかに会ってたのじゃないんですか。そうにちがいない。いいニュースだ」

「とんでもない、うそだよ」

「うそでも本当でもいい。可能性さえあれば、スキャンダルは成立するのです。見出しを疑問形にしておけばいいんです。これで四ページの記事ができた」

マネージャーが病室に入ってくる。

「さあ、記者のかたは、もうお引き取り下さい。ここに見舞いにもらった、高級洋酒セットがある。さしあげますよ……」

と記者を部屋から出し、男に言う。

「……仕事だ、仕事だ。近くの都市で公演だ。すぐ出発してくれ。車の用意はできている。この入院作戦は、うまくいったぜ。週刊誌が、あれこれ推測して書いてくれた。また人気が取り戻せたというものだ。さあ、早く着がえをして。おや、その背中はどうした」

そこには、見るとさわりたくなるものがあるのだ。

〈ガチャッ〉と、べつなチャンネルになる。

男は車を走らせる。おれは警視庁の腕ききの刑事なのだ。なぜ、刑事という職をえらんだか。そう、そこが重要なんだ。

おれが高校生だった時、強盗が入り、抵抗した父が殺された。犯人はいまだにあがっていないが、その人相だけは、おれの心に焼きついている。絶対に忘れられない、絶対に許せない顔だ。おれは大学を出て、ためらうことなく刑事となった。

父を殺した犯人を、自分の手でさがし出す。逮捕するのではない。その場で射殺してやるのだ。拳銃を公然と使える職業、それが刑事なのだ。かたきの胸に、おれの手で弾丸をうちこんでやる。その日まで、この仕事は決してやめない。

もちろん、それだけで毎日をすごしているのではない。つまらぬ犯人たちを、何人もつかまえてきた。それをやりながら、かたきのゆくえを追っている。

かたきは、どうせ悪の世界に身をかくしているはずだ。けちな泥棒をつかまえるたびに、おれは、かたきの人相を話し、こんなやつを知らないかと聞く。なかには、知っていると答えるのもあった。それらの手がかりをつみ重ね、おれはかたきを追いつめているのだ。充実した毎日。

しかし、こういったおれの内心は、上司も知らない。気づかれぬように注意しているのだ。知られたら、べつな役に移されるだろう。それが困るのだ。他の者が逮捕したら、裁判になり、懲役ですんでしまうかもしれないからだ。父の無念が晴らせない……。

〈ガチャッ〉

男は高原地帯を眺めながら、にこやかにしゃべる。

「この、きよらかな自然、さわやかな大気。小川の水はすみきってつめたく、小鳥のさえずりは、おとなに童心をよみがえらせ、さまざまな花は、子供の美への心を育てます。別荘地として、ここにまさるものはございません。しかも、お安い価格……」

〈ガチャッ〉

アナウンサーが男に聞く。

「あなたは、大変ふしぎなことがおできになるそうで……」

「ええ、これのできる人は、ほかにいないと思いますよ」

「どんなことでしょう」

「まあ、ごらん下さい……」

男は机の上からゼーム・クリップをつぎつぎにつまみあげ、口に入れ、飲みこんだ。口にふくんでいるのでないことを、大きく口をあけて示した。一分ほどたつ。それらをクサリのようにつなげ、口から引っぱり出してみせた。アナウンサーは驚いてみせる。

「なんと、みごとなこと。どうやって、こんな修行をなさったのです」

「まず、クリップを二つのみこみ、それをつなげる練習です。それがうまくできるようになると、あとは簡単でした」

「そういうものですか。で、本職はなにをおやりなのですか」

「文房具店をやっております」

「なるほど、なるほど。お店の商品でやってごらんになるわけですな。で、なにかこの特技が役に立つことは……」

「ありませんね。趣味とは、そういうものじゃないでしょうか。他人にできないことができる。それだけで楽しいんです」

「ごもっとも。人生とは、そこが大切なのかもしれませんね。しかし、お子さまがたは、決して、このまねをなさらないように。このかただけしかできないのですよ」

退場しながら、男はつぶやく。

「まったくだ。まねをされたら、わたしだってつまらなくなるよ……」

〈ガチャッ〉

あるビルの地下の一室で、数名の部下たちに男は言う。

「グルル星からの指示がとどいた。いよいよ、われわれは行動に移らなければならない。秘密のうちに、準備にかかるのだ。なにか質問は……」

「しかし、これが成功すると、地球はグルル星の支配下、属国になるのでは……」

「その点については、わたしも悩んだ。しかし、地球の現状はどうだ。地球は一つだなんて、そらぞらしいスローガン。どこもかしこも国家エゴイズムで、勝手なことをやっている。このままだと、遠からず滅亡。これは断言してもいいことだ」

「その通りです」

「それなのに、だれも手をこまねいている。手をつけずにほろびるか、すぐれた星の指示のもとに、地球をいま根本的にたてなおすか。この二つに一つだ」

「わかりました。滅亡はさけなければいけません」

「その信念でやってくれ。まもなく、グルル星から、すごい兵器の設計図が電送されてくる。それが完成すれば……」

〈ガチャッ〉

男は、前に平伏している家臣たちに言う。

「よきにはからえ」

〈ガチャッ〉

男は深刻そうな表情で言う。

「……政治の貧困が、このような状態をまねいたというべきで、一刻も早く、きめのこまかい対策が望まれるというわけで……」

〈ガチャッ〉

「なにかご意見がございましたら、ご遠慮なく……」

〈ガチャッ〉

「一部お聞き苦しい点のあったことを……」

〈ガチャッ〉……〈ガチャッ〉……〈ガチャッ〉

「あ、もげた。もう、まわせないぞ」

男は都心からそう遠くないところに、一軒の住居をかまえている。妻の実家が資産家であり、このような家を持てたのだ。

つとめ先は、ある中央官庁。いい地位にあり、エリートコースを進んでいる。だからこそ、資産家の娘を妻にできたのだ。仕事はよくやり、部下からも尊敬されている。

帰宅すると、妻が迎える。

「おかえりなさい。早いのね」

「すばらしい話がある。近く昇進する。きょう、上役からそっと聞かされた」

「よかったわね。お祝いに、夕食の時に、お酒をつけましょうか」

「ああ。その前に、風呂(ふろ)へ入ろう。坊やもいっしょに入るかい」

小学二年生の男の子だ。お風呂のなかで、坊やが言う。

「パパ。しあわせって、なんのこと」

「いまのようなことさ。なにもかも、ずっとうまくいってきた。これからもそうさ」

「ふうん。あ、パパの背中に、あざみたいなのがあるね」

「そうかい」

「まえからあったけど、だんだん小さく、色が薄くなってきたよ。いまに消えちゃうんだろうね」

「そんなの、どうでもいいことさ。ぐあいのいい毎日じゃないか」

お湯のなかで遊びながら、坊やが聞く。

「ねえ、パパ。なにかのかげんで、いまのくらしが、急にすっかり変ってしまうなんてこと、ない……」

「坊やは妙なことを考えるね。そんなこと、起るわけがないじゃないか」

勝負

「もう少しだ。一刻も早く、ぜがひでも完成させなければならない」

自宅のなかに作った小さな研究室。エフ博士は、試験管のなかのものを、ガラス板の上に移し、顕微鏡でのぞきながらつぶやきつづける。

「……まったく、いまの世の中は面白くない。いや、なんとかうまくいっていることは、たしかだよ。かつて社会問題となった、公害だの、犯罪だの、物価上昇だの、そんなたぐいはおさまっている。平穏といっていい」

「いいことではありませんか」

と助手が口を出したが、博士は首を振る。

「ところが、そうは思えないんだな。すべてコンピューターのおかげなんだから。だれもかれも、その指示によって動いている。働きバチ、働きアリと大差ない。こうなると、人間性が失われるばかりだ。科学者のなかにも、コンピューターに研究テーマを与えてもらい、それにはげんでいるのがいるとかいう。感心しない傾向だ」

「といっても、こういう社会体制になってしまったのです。住み心地も悪くないし、第一、変えようがないでしょう」

「そういう妥協がいかんのだ。わたしはそれに反抗すべく、ずっと研究をつづけてきた。みていろ、もうちょっとだ……」

エフ博士の緊張の息づかいのうちに時間が流れ、とつぜん大きな叫び声となった。

「やったぞ。ついにできた。これで人間は、コンピューターのどれいから解放される」

「いったい、なにがどうなるのです。わたしは、先生の研究内容を、いままで知らされていませんでしたが……」

助手はふしぎがったが、博士は笑い顔。

「どんな妨害を受けるかわからないから、わたしだけの秘密にしていたのだ。まず、世の中を一回、大混乱におちいらせるのだ」

「そのどさくさに乗じて、ひともうけしようというのですか」

「いやいや、そんなけちな考えで、この研究をやってきたのではない。大混乱は人びとへの試練なのだ。それを現実に体験し、くぐり抜け、はじめて人間性が回復される」

「大混乱を起すなんて、できるんですか。先生はその方法を完成させたのですか」

「そこだよ、この発明のすばらしいところは。微生物。細菌の品種を改良することによって、新しい伝染病菌を作り上げたのさ」

「なんで、そんなぶっそうなものを。わたしはまだ若い。変な病気で死にたくない」

助手は青ざめた。しかし、その肩をたたきながら、博士は説明した。

「さわぐことはない。安心しろ。われわれ人間には無害なのだ。人間ばかりではない。動植物に対してもだ」

「それで、なぜ伝染病菌なのです。なにが感染するのですか」

「そこなのだ。トランジスター、パラメトロン、ＩＣつまりコンピューターを構成している部品にくっつき、じわじわと化学変化を起させながら、繁殖する。さらに、空中に飛びちり、ひろがってゆくという細菌なのだ。鉄を食う細菌があるが、それを進化させたものだと思えばいい。すなわち、狂った症状がコンピューターにあらわれるというわけだ」

「コンピューターが異常になり、それがつぎつぎに伝染してゆくというのですね。うん。しかし、そんなことになったら、大事故が発生するかも……」

「ほっておけば、その可能性もある。だが、コンピューターがとつぜん発狂するわけではないのだぞ。最初のうちは小さなまちがい、少しずつ狂ってゆくのだ。大事故の寸前までは行くかもしれないが、それでいいのだ。その時、人間は、はっと気づく。めざめるというわけだ。まかせきりではいけない。つねに警戒し、コントロールの重要部分は人間がやるべきだとさとるだろう。装置より人間のほうが上だという、本来そうあるべきだった社会に戻るのだ」

「そう言われてみると、それがいいのかもしれませんね。で、その計画はいつ実行なさるのですか」

「もう、はじまっているよ。さっき、ついにできたと言った時にだ。問題の細菌は、すでに空気中に存在しているのだ。風に乗って、もうどこかのコンピューターにとりつき、ふえはじめていることだろう」

「どんな混乱がおきるのでしょう。こわいような、楽しみなような……」

夫婦だけの平凡な家庭があった。甘い新婚気分の時期は終ってしまったが、べつに口論するようなこともなく、おだやかな毎日がつづいていた。

そこへ手紙が来た。コンピューター・センターからだった。あけてみると、こう書いてある。

〈あなたがた夫婦は、性格的に不一致です。このままでは、いずれ破局を迎えます。その場合の心の傷を軽くするためにも、一刻も早く離婚なさるべきです〉

それを読んで亭主が言う。

「こんなのが来たよ。われわれ、うまくいっているようだが、本当は、そうではなかったらしい」

「そうなんでしょうね。コンピューターがそう知らせてきたんだから、それが正しいにきまっているわ。しかたないわね。わかれましょう。あなた、いい人と再婚して、しあわせになってね」

「ああ、おまえもな。さよなら」

二人はあっさり別れてしまうのだった。そして、男はちっともいいところのない女と再婚し、満足する。それがコンピューターの指示なのだから。

また、こんな場合もあった。ある会社の、あんまり才能のない平社員。それがとつぜん辞令をもらった。コンピューター・センターからの進言によって、部長に昇進ということになった。当人はうなずく。

「おれに、そんな才能があったとは知らなかった。しかし、コンピューターが言うんだから、きっとそうなんだろう。指示はいつも正しい。なんとかなるだろう」

その逆の場合だってある。手腕家の若い重役が、コンピューターの指示で、いっぺんに格下げとなった。しかし、本人もそんなものかと思って、疑うことなく受け取り、周囲の人もこんなふうに話すのだった。

「仕事ぶりを見ていて、彼はべつに失敗のようなことをしていないのにな。しかし、コンピューターの指示だから、正しいんだろう。いまのままの地位だと、いずれ大失敗をやらかすというのかもしれない。あるいは、健康がつづかないとか……」

エフ博士の計画どおり、どのコンピューターも少しずつ狂いつつあった。しかし、人びとはだれもさわがず、予想されたような混乱は起らなかった。

コンピューター・センターの付属研究所では、所員たちがこんな会話をかわしている。

「このあいだ、コンピューターからの指示で、ひとつ研究をしあげたなあ」

「ああ、新しい薬品の開発だった。人間の脳細胞に作用し、コンピューターの指示に忠実に従うようにさせる薬だ」

「たしかに、そういった薬品は必要だろうよ。せっかく、世の中がうまくいっているんだ。人間がことごとにコンピューターに疑いをいだいたり、対立したり、議論なんかをはじめたら、ごたつくばかりだ。人間が従ってこそ、コンピューターの価値があるのだ」

「で、あの薬品はどうなったのだろう」

「おそらく、大量に合成され、食料品のなかにまぜられているのだろうよ。そうあるべき薬品なんだ」

　その食料品は、エフ博士も食べはじめていた。そこへ、コンピューター・センターから通知が来た。

〈あなたは、すぐれた細菌学者です。その才能をいかして、ある研究をはじめていただきたい。コンピューターからの指示を受けると、ありがた涙が出るという症状を示す、伝染病菌を作り出して下さい。それをばらまくのです〉

　さきにエフ博士が作り出した細菌によって、どのコンピューターも狂いはじめ、その影響は少しずつ表面化し、ひろがりつつあった。この指示も、そのあらわれかもしれなかった。しかし、いまや従順になる薬を気づかぬうちに飲まされているエフ博士は、こうつぶやくのだった。

「なんとなくおかしな仕事だが、やらねばならぬな。なにしろ、コンピューターの指示なのだから、すなおに従わなければならない」

手

順調でない人生をたどっている男があった。いいかげんな人物というわけではなかった。本人はいちおう熱心にやるのだが、やりすぎになったり、やりたらなかったり、とんでもないまちがいをしたりで、結果としていつもだめなのだった。

ある会社につとめているのだが、そういうわけで、ぜんぜん昇進しなかった。同僚たちは、なにかしら成績をあげ、いい地位へと移ってゆく。しかし、その男はいつまでたってもそのままだった。

気ばらしにと、帰りがけに酒を飲むこともある。内心の不満を発散させようと。しかし、景気よく酔えるというわけにはいかない。仕事ばかりでなく、酔うことにかけても、よくよくだめな男だった。いつのまにか、ぐちっぽくなる。

「おれはだめな男だ。いや、ほかの連中がうまくやりすぎているのではなかろうか。そうにちがいない。だれも、うまくやりすぎている。しかし、うまくやりすぎている連中が多いと、おれは相対的にだめな男ということになってしまう……」

そんなことをつぶやきつつ、自宅へ帰ることになるのだった。

その夜もそうだった。いささか酔いすぎ、道のはじをおぼつかない足どりで、ゆっくりと歩いている時、こう声をかけられた。

「しっかりやるんだな……」

声とともに、肩を軽くたたかれた。しかし、男にとって、こんないやな言葉はなかった。おざなりであり、一種の皮肉であり、おせっかいであり、いい気分でなかった。自分で自分をはげます呼びかけの言葉ではないか。それを他人から聞かされるとは……。

ふりむいて声の主を見たら、さらに不愉快になるだろう。言い争いになってもつまらない。男はふりむくことなく、そのまま足を早め、自宅へ帰った。

つぎは、会社のなかの廊下でだった。書類を落し、ちらばったそれを拾いあげ、壁ぎわに立ちあがった時だった。

声がかけられ、男は肩をたたかれた。

「しっかりやるんだな。おれがついているぜ」

このあいだ、酔っていた時に聞いたのと同じ声だった。肩のたたかれぐあいも、先日のそれを思い出させた。男はふりむいた。

しかし、そこにはだれもいなかった。廊下を見わたしたが、前にもうしろにも、その時、あたりに人かげはなかった。男はまばたきをし、首をかしげる。

「なんだ、いまの声は。どこかの部屋の話し声が、反響してここへ聞こえてきたのだろうか。それとも、気のせいか……」

男はなんとか、合理的な解釈で自分をなっとくさせようとした。声に関してなら、そんなふうに説明できないこともない。しかし、同時に肩をたたかれたのだ。肩をたたかれた感触は、たしかにあった。いったい、だれが……。

ふたたび、まわりを見まわしてみる。廊下のむこうを歩いている人がいた。人かげはそれだけだった。それを知り、男は少しふるえ、また書類を落してしまった。

そのつぎは、自宅にいる時だった。気分をほぐしたほうがいいのだろう。そう思って男が風呂に入っていると、またそれが起った。

「しっかりやるんだな。おれがついているぜ」

そして、肩をたたかれた。あの声。肩をたたかれるのも、いつもは洋服をへだててのそれだったが、いまは皮膚に直接それを感じた。痛くはなかったが、たたかれる音がした。男は驚き、息がとまりかけた。ここは風呂場、ほかに人のいるはずがない。いよいよ、おれも頭がおかしくなったのか。

「だ、だれだ……」

男はふりむき、そして、それを見た。目は見開いたまま、口もまた開いたまま。信じられないものに彼は直面した。

そこには現実に手があった。一本の右手が、そこに存在していた。それはタイル張りの壁から出ていた。草や木が地面からはえているように、手が壁からはえていた。

しかし、草や木とちがって、手には表情がある。悪意のある表情ではなかった。その手のひらは、男にあいさつをするように、男をはげますかのように、親しげにゆれ動いていた。言葉であらわせば、まさしく、しっかりやるんだな、という感じだった。

そのうち、手は壁のなかにひっこみ、消えた。

しばらくのあいだ、男は目と口を開いたままでいた。やがてわれにかえり、おそるおそる手をのばし、壁にさわってみた。しかし、そこはタイルで、なんの跡もなかった。

「これは、どういうことなんだ」

男は、自分が異様な事態のなかに引きこまれてしまったことを知った。このあいだから、どうもおかしい。いったい、なぜこのおれが、あんな変な手の目標にされたのか。

自分だけの秘密にしておくことは、とても不可能だった。自問自答をくりかえしてみたが、なんの結論もえられない。うらめしげな印象を与える現象なら、まだ解釈のしようがある。しかし、妙に親しげな手なのだ。考えつづける。しまいには、本当に頭がおかしくなってしまうのかもしれないと思えた。

といって、会社の同僚に話すこともできない。壁から手が出て、肩をたたかれ、激励されたよ。そんなことを口にしたら、変な目で見られるにきまっている。ますます昇進ができなくなる。へたをすると、精神が正常でないとされ、辞職を言い渡されてしまうかもしれない。

男は病院へ出かけ、医者に話した。

「じつは、妙なことが……」

いちおう事情をうちあけた。なっとくのできる解説は得られないだろうと予想していたが、はたして医者は笑い出した。

「どういうつもりで、そんな作り話をなさるのです。本当とすれば、これは前例のない現象だ。奇妙というべきか、面白いというべきか、好奇心がそそられる。あなた、それをわたしにも見せて下さいよ」

「それが、そうもいかないのです。その手は、あたりに人のいない時に限って、あらわれるのです」

「なるほど、そうでしょうな。あなたは、手を見た、肩をたたかれたという考えにとらわれてしまったのです。酔って帰る時に、肩をたたかれた。それが心の空虚さにぴったり、あまりに印象的だったので、また起るのではないかと、心のすみで期待しはじめた。その結果です。つまり、早くいえば気のせいですよ」

「幻覚、気のせいかもしれません。で、どうやれば起らなくなりますか。神経科もなさっておいでなんでしょう。治療法はないのですか」

「なにしろ、聞いたこともない症状です。気のせいですから、気にしなければいいのです。あなたは、たしかに手についての幻覚をお持ちのようだ。しかし、危険な兆候は感じられない。その幻覚が反社会的な行為、自分をほろぼすような行為に発展するとは思えない。まあ、気を楽にすることです。精神安定剤をあげますから、少しようすを見ましょう。なにか日常生活に影響が及んでくるようになったら、またおいでなさい」

「すぐには、なおらないもののようですね……」

　男はがっかりしたような動作で立ちあがった。薬をもらい治療代を払うため、待合室の椅子（いす）にかけて待っていると、うしろの壁から手が出て、肩をたたいて言った。

「しっかりするんだな。おれがついているんだぜ。こんなつまらんところへ来ることなんかない。薬なんか飲むことないぜ」

まわりに人はいなかった。男は医者に見せるため呼びに行こうかと思ったが、どうせそれまでに消えてしまうだろうと、そのまま見つめていた。やはり手はまもなく消え、看護婦が通りがかった時には、普通のただの壁となっていた。

これは、医学の手におえる問題ではなさそうだ。となると、べつな手段にたよらなければならない。男はあやしげな霊媒をおとずれた。

「じつは……」

と話す。あやしげな霊媒のくせに、客あしらいにかけては、いやにあいそがよかった。

「そうでしょう、そうでしょう。よくわかりますよ。あなたのそばに、霊魂が見えます。あなたの祖父の霊がとりついているのです……」

「そうでしたか。祖父はわたしの生れる前に死に、よく知らないのですが」

「あなたの祖父は、えらいかただった。そうなのですよ。それが現在のあなたを見て、はがゆくてならない。だから、肩をたたいて、はげますという現象となってあらわれるのです」

「そう言われてみると、そうかもしれませんね。しかし、はげまされても、わたしのいまの才能では、どうしようもないのです。期待にそえない。どうにも困るのです。迷惑です。なんとかして下さい」

「おはらいをしてあげましょう……」

霊媒は、なにやら意味不明の文句をとなえ、塩だの水滴だのをふりかけた。

「……これで大丈夫。霊魂は退散。料金はあちらでお払い下さい」

「ありがとうございます」

男は帰宅し、ひと安心した。これで、あの異変も終るだろう。男は畳の上にねそべり、テレビを眺めた。その時、また声がかけられた。テレビの人物の声ではない。

「おい、きょうもつまらんところへ出かけたな。あんないいかげんなところへは、二度と行くな。おれがついているんだぞ」

肩をたたかれる。手は畳からはえていた。そして、やがてひっこんでしまうのだった。

男は会社で残業をした。とくに仕事があるわけでもないが、帰宅する気がしなかったのだ。自宅にいて、どこからともなく手が出現するかもしれないと考えると、あまりいい気分でない。しかし、その思いつきも役に立たなかった。

椅子にかけてぼんやりしていると、机から例の手がはえてきた。やはりだめか。男は見つめていた。手は電話の受話器をはずし、ある番号にかけ、そして、ふたたび机の平面に消えた。

「もしもし……」

はずされたまま置かれている受話器の奥で声がしていた。だれかが応答しなければ。それは自分しかないことに男は気づき、手にとって耳に当て、言った。

「もしもし、どなたですか」

「どなたですかは、ございませんでしょう。そちらからおかけになったのでございます」

「そうでした。申しわけありません」

「こちらは人材銀行です。才能のあるかたを求めております。適当な職業と地位をおせわいたします。現状より必ずよくなり、ご満足いただけると存じます」

「しかし、わたしにはあまり才能が……」

「ご自分でそうおきめになってはいけません。失礼ですが、そういうお考えでしたから、これまで恵まれなかったのでございましょう。ぜひ、おいで下さるよう、お待ちしております」

こんなことになったのも、なにかの縁。運命というものかもしれない。

男はその人材銀行へ出かけ、そこの紹介によって、べつな会社へ転職した。いまの会社にいたところで、どうせたいしたことはないのだ。

ところが、それがきっかけとなって、すべては順調に進展しはじめた。なにもかも、思いがけなかった形で、うまくゆく。手は時たまあらわれ、肩をたたいて激励してくれた。男はしだいに自信を持ちはじめた。

その自信に乗って、男は独立し、自分で小さな会社をはじめた。それもまた順調に利益をあげつづける。会社は大きくなっていった。

社長室。その豪華な椅子に、男はひとり腰をかけている。肩をたたかれ、声をかけられた。

「だいぶ、うまくいっているようだな」

ふりむくと、椅子から例の手が出ているのだった。もう、このころになると、男にとって、この手は見なれた親しい存在だった。異様さなどは、少しも感じない。手は、人さし指と親指とで丸を作り、二回ほど前後に振っていた。万事ＯＫの意味にとれた。

「はあ、おかげさまで……」

と男は答えた。たしかに、このわけのわからない手の出現以来、運がむいてきたといえる状態になった。おかげさまというべきだろう。手は、丸を作った指を振りながら言った。

「考えておいてくれ」

そして、椅子のなかに消えた。

いったい、なにを考えろというのだろう。男はその日、ずっと首をひねりつづけた。しかし、なにも思い当らなかった。すべて好調、とくに考えねばならぬこともない。

つぎの日、手はまたも椅子からあらわれて言う。

「ところで、きのうの話だが……」

「なんのことでしょう。考えてみましたが、よくわかりません」

「おまえはかつて、なにをやってもだめな男だった。それが、これまでになれた。だれのおかげだ」

「もちろん、あなたのおかげです」

男は握手をし、感謝の意を示した。あたたかく、ふっくらとし、それでいて底に強いものを秘めた大物の感触のする手だった。手は言った。

「なんだ、握手だけかい」

「はっきりおっしゃって下さい。わたしはあまり勘のいいほうじゃないんです」

「分け前を忘れちゃ困るよ」

手はまた、人さし指と親指とで丸を作った。男はやっと、それが金を意味するものであることに気づいた。そのあと、手は、手のひらを上にむけ、その上にのせるようながしている。

男は机の引出しのなかから札束を取り出し、その上に乗せた。手はそれをにぎり、満足げなようすを示し、札束とともに椅子のなかに消えていった。

手は定期的にあらわれるようになった。

「分け前をくれよ」

男はそのたびに、いくらかの札束を渡した。利益はあがりつづけており、それぐらいの余裕は充分にあった。渡しながら、手のひらを眺める。いったい、この手の正体はなんなのだろう。この手とは、もう、かなりのつきあいになる。手のひらについては、自分のそれの次ぐらいに、くわしくおぼえてしまっている。

男は手相の本を何冊か買ってきた。そのページをめくって調べ、また、手の出現の時にくらべてたしかめた。そして、どの本の説によっても、このうえなくもうかる手相ということがわかった。

「すばらしい手相なんですね」

男はおせじ半分、尊敬半分で言った。手はいったん消えたが、椅子のべつなところにあらわれ、男のわき腹をくすぐった。

「あっはっは……」

男は笑う。それは豪快な笑い声となった。景気のいい笑い声。

なにもかも順調だった。しかし、いつまでもつづくとは限らなかった。その障害は変なきっかけであらわれた。税務署の人がやってきて、男にこう言った。

「申告書を見ますと、わけのわからない支出がありますが、その説明を……」

それは、例の手に渡した金のことだった。

「それはですね、つまり、共同経営者への分け前です」

「その人は、どこにいるのです」

「そう聞かれても、答えようがありません。じつは……」

と男は手について話した。相手は言う。

「ばかばかしい。そんなこと、信じる人がいると思いますか」

「本当なんですよ」

「それなら、その手なるものを、見せて下さい」

「ごらんに入れたいんですが、他人がいる時には出てこないんです」

「いいかげんにしてくれ。こんな妙ないいわけの脱税は、はじめてだ」

「本当なんです。うそとお思いになるのもむりもありませんが、本当なんですよ」

「その口調には真実味があふれている。ふしぎな話だ。これは精神異常なのかもしれないな。しかし、それにしては、経営順調、うまくもうけている。いずれにせよ、こんな弁明をみとめたら、まねをする者が続出し、税制が混乱、手のつけようがなくなる。だめだ。みとめることはできない」

たくさんの追徴金を取られることになった。男はがっかり、気の抜けた気分になった。

椅子から手があらわれた。

「分け前をくれよ」

「それどころじゃない。もう、あげる気にはなれないよ」

「そんなこと言うが、これまでになれたのは、だれのおかげだ」

「あなたのおかげです。しかし、もう、とても払う気になど……」

「しょうがないやつだな。では、別れの握手でも……」

男はその手をにぎった。力強い手だった。しかし、まもなく気づく。はなそうとしても、相手がはなしてくれないことに。男は青くなる。このままだと……。

「助けてくれ……」

男は悲鳴をあげ、助けを求めた。その声を聞いて、となりの部屋から社員が入ってくる。しかし、その時には、手もなければ、男の姿もなかった。ただ椅子だけがあり、その上にはだれもいない。

そのうち、

「あなた、うまくやりすぎているよ。おれがだめなのかな。いや、あなたがうまくやりすぎているんだ……」

という、あわれな男のつぶやくような声が、どこからともなく聞こえてくるかもしれない。あの、手に引きこまれてどこかへ消えた男の声だ。そして、うしろから肩をたたいてくるかもしれない。あなたの肩を……。

金の粉

どう見てもぱっとしない、ひとりの男が歩いていた。きょろきょろした目つき、落ち着きのない動作。服装はよごれていて、どのポケットにもなにも入っていなかった。

「なにとぞ、この男に金をもうけさせたまえ……」

男はうつむきかげんに歩いていた。なにしろ、金銭的にも精神的にも余裕がないのだ。背をのばし、胸を張り、正面を見つめて歩く心境にはなかった。

「おれはもう、どうもこうもならぬ。身動きがとれない。いっそのこと、死んでしまうほうが……」

そんなことを、ぶつぶつつぶやいていた。しかし、死ぬ決心もつかず、地面に視線を落しながら、とぼとぼと歩いていた。

その時、道に箱の落ちているのが目に入った。足で軽くけとばしてみる。どうせからっぽと思ってやったことだが、なにか微妙な感触があった。べつに急ぎの用事があるわけでもない。そもそも、どこへ行くというあてすらないのだ。男は身をかがめ、箱のなかをあらためてみた。

「あ、これは、なんということだ……」

なかには札束が入っていた。ちょっとした金額だ。だれかが落していったものらしかった。男はそれをかかえ、あたりを見まわしながら、物かげにかくれた。警察にとどける気などない。やけぎみの気分だったし、さしあたって金がいるのだ。そっくり自分のものにしてしまいたかった。

人かげの絶えるのを待ち、男はそこを立ち去った。箱を手に……。

「なにとぞ、この男に金をもうけさせたまえ……」

というわけで、男はなんとか食事と宿泊にありつけた。数えなおしてみたが、かなりの金額で、にせ札などではなかった。

つぎの日、男は競馬場へ行った。研究したわけでもなく、なんとなく馬券を買った。それが、つぎつぎと当るのだった。手もとには金がある。いい気になって、さんざん

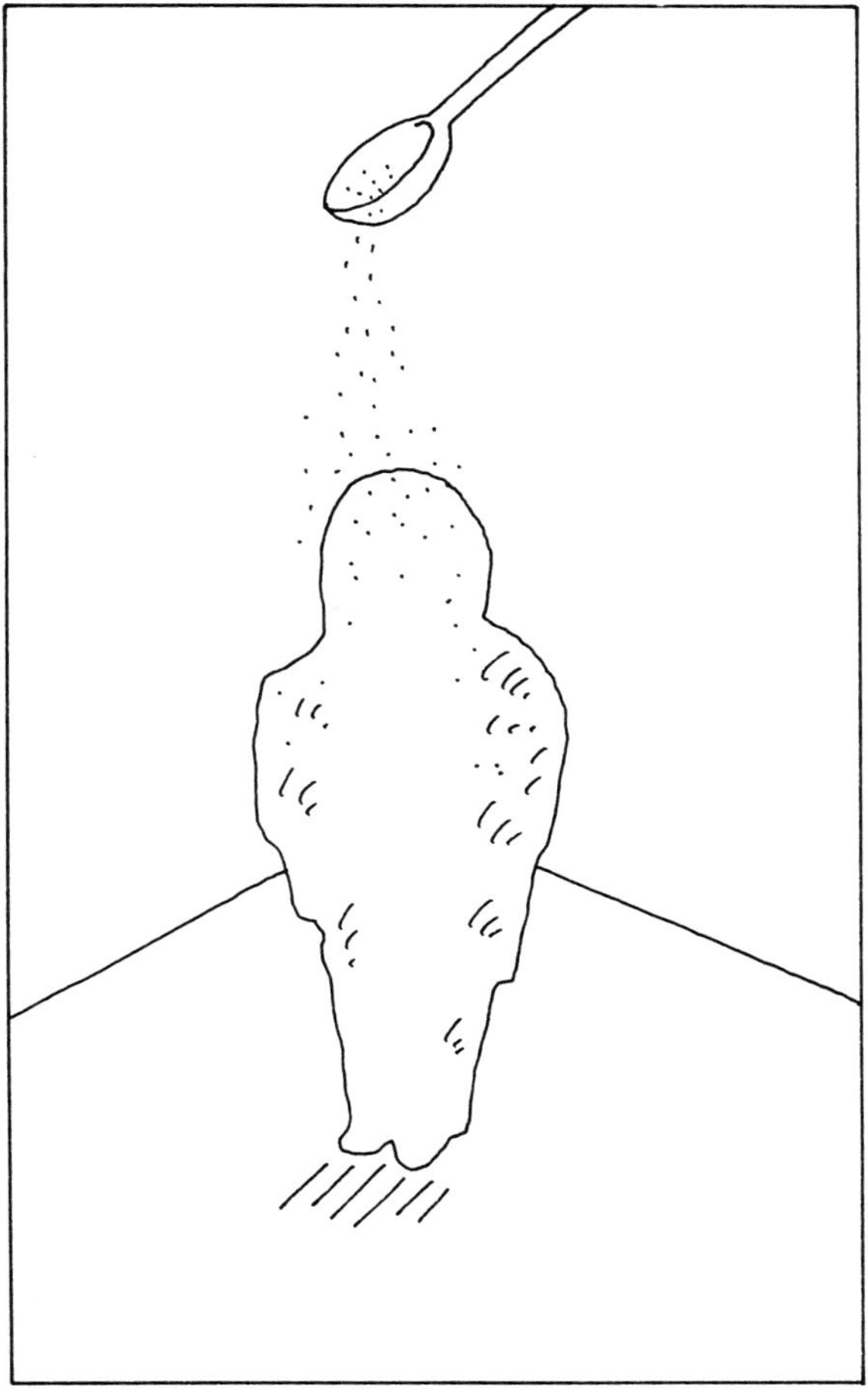

金をつぎこんだ。しかし、それらがみな的中するのだった。帰りには何倍かにふえていた。

「ふしぎだ。こう不意に運がつくとは。わけがわからん……」

わからないながらも、ふえた金というものは悪い気分ではなかった。

「なにとぞ、この男に金をもうけさせたまえ……」

声とともに、粘土でできた小さな人形に、金粉がそそぎかけられる。スプーンですくわれた金粉は、きらきらと光り輝く雨となって、人形にふりそそぐ。そして、そのうちのいくらかは、人形の表面にくっつくのだった。


男はもうけた金で、株を買った。先日は競馬でもうけたが、そうそう奇跡的な幸運がつづくものではない。いずれ予想がはずれ、すべて失うことだってある。それよりも株を買っておき、必要に応じて売って使ったほうがいい。値下りすることもあるだろうが、ゼロになることはない。

そんな程度の思いつきだったが、株というものは現実に買うと、やはり気になり、つい新聞の相場欄をのぞくことになる。

その株は急激に値上りをはじめた。会社の業績がみなおされたのか、将来性が期待されたのか、買い占めがはじまったためか、とにかく上りつづけだった。

上るのはいいが、いつ下るかわからない。上りつづけなど、ありえない。二週間ほど男は気をもみながらすごしたが、とうとう手ばなした。すると、株はそれを頂点に値下りを示したのだった。

「最もいい時に売ったことになったな。なんという運のいいこと。このあいだから調子がよすぎる。なぜだろう」

男はなんとなく不安を感じた。からのポケットでうろついていた時にくらべると、なんという変りようだ。彼はいまや、マンションの一室に住んでいる。洋酒を飲みながら、首をかしげたくもなるのだった。

「なにとぞ、この男に金をもうけさせたまえ……」

その声とともに、金粉がそそぎかけられる。粘土の小さな人形の表面に、のり状の物質が吹きつけられ、その上からさらに金の粉がそそぎかけられる。金粉は一段とたくさん、人形にくっつくのだった。

男はべつな会社の株を、何種か買った。業績を調べてみる。また、経営している重役たちの名を調べ、その行動をさぐった。女遊びに会社の金を使っている人物もあったし、そのほか、人間だからなにかしらやましいことをしている。

男は会社へ乗り込み、その重役たちに会ってそれとなくにおわす。口どめ料として、簡単にかなりの金が入るのだった。犯罪になるといけないので、あくどくはやらなかった。重役たちの弱味が、つぎつぎとつごうよく入手できるので、そんな必要はなかったのだ。男の財産は、しだいにふえてゆく。

こうなってくると、このあいだまで心のすみにひっかかっていた、いくらかの不安も消えていった。おれが実力でかせいだ金なのだ。ゆすり寸前の線で、からだをはってかせいでいるのだ。

「なにとぞ、この男に金をもうけさせたまえ……」

声は重々しく低く、神秘的で、何度も何度もくりかえされる。そして、金の粉もそそがれつづける。

男は非合法の金融業をはじめた。とくに計画してはじめたわけではなかった。金があるといううわさを耳にして、金ぐりに困った中小企業が泣きついてくる。なかには派手に宣伝をしている大企業もあった。確実な抵当をとり、かなりの金利で貸す。利子はつぎつぎに入るし、悪くない仕事だった。うまくゆきすぎるという思いが頭をかすめることもあったが、男はもう、そんなことなど気にしない。それに積極的にとりくむのだった。

借り手のなかには、その高利が払いきれず、倒産してしまう店もあった。レストランとか娯楽場とか。男はそれを貸金のかたに手に入れ、自分で経営した。すると、たちまち景気がよくなり、うまくゆきはじめる。

軌道に乗ると、それらの運営を信用できる部下にまかせる。男は時どきまわってきて、ようすを見て、利益を持ち帰る。一方、金融業のほうもうまくいっていた。

なにもかも順調で、男はいい気になっていった。

「おれにこんな能力があったとはなあ。もっと早く気がつくべきだった。けちな仕事にあれこれ手を出したりせずに、こんなふうにやっていればよかったのだ」

男は自宅で酒を飲む。からだはふとり、表情にも動作にも、金持ちらしい貫録がそなわっていた。むかしの彼を知る者が会っても、見まちがえてしまうほどだった。

「なにとぞ、この男に金をもうけさせたまえ……」

若い女の声は、これまでと同じく、もののしく鋭く、そして、静かにくりかえされる。また、金の粉も……。

男は土地を売却した。かつて貸金のかたに取りあげておいた、地方の土地だった。そう便利のいい場所ではない。しかし、その風景に目をつけた観光業者が、ホテル建設のために買いに来た。道路網が近くまで伸びてきたことが利点となって、大変な値段で売れた。

一挙に収入がふえ、その名は新聞や雑誌などにちらほら出るようになった。週刊誌のインタビューを受けることもあれば、テレビ出演をたのまれることもあった。いつも、こんなことを質問される。

「あなたは現代の成功者。金もうけのこつをうかがいたいものです。もっとも、簡単には言えないことでしょうが……」

「ひと口にいえば、努力ですよ。それだけです。かつては、その日の金に困ったこともありましたがね」

「しかし、それにしても、たちまちのうちに財産を作られた。幸運もあるでしょう」

「努力すなわち幸運です。努力さえしていれば、幸運と金は、しぜんにむこうからやってきますよ。あははは……」

堂々たる笑い声だった。それがひとつの人気となり、いまや時の人。

こんな電話がかかってくることもあった。上品な女の声だった。

「成功者として有名なあなたさまの写真を、雑誌の表紙に使いたいのですけど。いかがでしょうか」

「それほどの人物とも、自分では思っていないけどね。しかし、表紙に写真が出るのは、悪いことじゃない。いいですよ」

「ご承諾いただき、ありがとうございます。それでは、さっそくですけど、今晩いかがでしょうか」

「かまいませんよ。で、どこでうつしますか」

「撮影するためのスタジオにおいで下さい。場所は……」

と、その場所が告げられた。男は秘書の青年を連れ、車で指定されたビルに行く。十階の一室のドアをたたく。男は言う。

「写真の件でうかがいました」

「お待ちしておりましたわ。だけど、おひとりで入っていただきたいの。カメラマンすぐすみますわ」
の気が散ると、いい写真ができないんですの。お連れのかたは、そこでお待ち下さい。

秘書をドアのそとに待たせ、男はなかに入る。若い女性がそれを迎えた。

「ほんとに、よくいらっしゃいました。もしかしたら、ことわられるのじゃないかと、心配でしたわ」

「いや、写真にとられるとは光栄ですよ。それに、あなたのような女性がおいでとわかっていたら、もっと早く来るべきだった」

「どうぞ、こちらへ……」

となりの部屋に通された。しかし、スタジオらしくなく、カメラもなく、どことなくようすがおかしかった。男は言う。

「なんだか変ですな」

「そうお思いでしょうね。いま、わけをお話ししますわ。あなたは以前、ある家に強盗に入って、そこの主人を殺したことがおありでしょう」

「な、なんでまた、突然そんなことを……」

「顔色が変ったわね。やっぱりそうだった。その被害者の娘があたしなのよ。それ以来、かたきを討とうと……」

「な、なにを証拠に、わたしが犯人だと……」

「警察は捜査をあきらめてしまったわ。指紋などの手がかりが、なにもなかったんですもの。だけど、犯人のらしい髪の毛がそこに落ちていたわ。あたし、それをとっておいたの」

「たかが髪の毛で、いいがかりをつけられては……」

「話を終りまで聞いてよ。あたし、中南米に出かけ、そこに伝わるブーズー教の、のろいの術を学んできたのよ。そして、とりかかったの。粘土で人形を作り、そのなかに髪の毛を押しこんで……」

男はだまったまま。女は話しつづける。

「……針で突き刺せば、すぐにでも殺せる。何度そうしようと思ったかしれないわ。しかし、あの髪の毛が犯人のでなかったら、だれかに迷惑がかかる。犯人のかどうかたしかめるため、人形にのろいをかけ、金持ちにさせたの。こののろいは防ぎようがないのよ」

「おれは、それで金持ちになったのか」

「テレビなんかにも出るようになったわね。凶行の時、暗くてよくわからなかったけど、あたし、犯人の顔をちらっと見ているの。右の眉の上にホクロのあったことを。

それで、やっと確認できたわ。ずいぶんふとって顔つきも変っているけど、あなたが犯人だと……」

「おれを殺そうというのか。しかし、力では負けないぞ。それとも、銃でも使うのか。かりに殺せたとしても、逃げきれないぞ。つかまって殺人罪だ」

「大丈夫よ。お連れの人は、あたしの顔を見ていない。それに、この部屋にはべつな出口もあるの。発覚するわけがないわ」

「おれのほうが強い。やられるわけがない」

「この、のろいの人形の力のほうがすごいわよ。もう、おわかりでしょうに。あなたは、この人形そっくりになって金持ちになった。これからも、人形そっくりになるのよ。ああ、やっと父のうらみがはらせるわ……」

女は窓をあけ、手にしていた金色に光る人形を、そとへ投げ出した。窓の下は川だったが、ここは十階。その水音は聞こえてこなかった。あるいは川に落ちず、地面にぶつかってこなごなになったのかもしれなかった。

それから彼女は、ゆっくりとべつなドアから出ていった。

残った男は、目に見えぬ、さからうことのできない力に動かされるような動作で、窓ぎわにあゆみ寄り、みずから乗り越え、夜の空気のなかへと……。

幸運の公式

「ぼくはいま、最高にしあわせだ……」

　夜道を歩きながら、青年はつぶやいた。原因はきわめて簡単なこと。恋がみごとに実を結んだからだ。

　彼はまだ独身の平凡な会社員。だいぶ前から、ある女性にひそかに思いを寄せていた。彼女はしとやかで上品で美しく、資産家の娘。そのため、青年はかなわぬ恋と考えはしたが、だからといって、あきらめきれるものでもない。彼は悩み、みたされぬ思いを持てあました。

　しかし、情勢は彼に有利に動き、また彼のまじめな性格がみとめられたのだろう、すべては意外にもスムースに展開した。そして、おたがいの愛情をたしかめあうまでに進んだ。早くいえば、恋愛映画のハッピーエンドとでもいった形。ありふれているとはいえ、当事者にとっては夢のような気分だ。

　そのデイトの帰り道というわけだから、しあわせだ、とつぶやきたくもなる。ついでに、うきうきした心は、口笛となってあらわれた。彼は、このところ流行している〈ふたりを包むしあわせ〉という歌のメロディーをくちびるから流した。

　それにあわせて踊るような足どりで歩いていると、すぐそばをいっしょに歩く、なにものかのけはいを感じた。青年は視線をむけ、なにものかをそこにみとめた。もうろうとただよう影のようなもので、正体はよくわからない。青年は、なにものかにむかって言った。

「いったい、これはなにものなのだ」

　なにものかが答えた。

「ちょっと適当な言葉がみつからない。霊とでもいったらいいのかな。いや、そうではない。もっと複数的なものだ。蓄積という語では抽象的すぎる。時の井戸からあらわれた幻影。いや、幻といった架空のものではなく、現実なのだ」

「自己紹介なら、もっとわかりやすく言ってもらいたいな」

「それなら、現代的に怪獣とでもしておこうか」

　と答える相手を眺めながら、青年は言った。

「あまり怪獣的じゃないが、まあ、いいだろう。で、どこから来た」

「いやに質問が好きだな。これもわかりやすく答えてあげよう。山のあなたの空の遠くのほう、とでもしておこうか」

「なんのために来たのだ」

「きみが口笛を吹いたからだ。身も心もしあわせにひたりきり、無我の状態で口笛を吹くと、わたしがあらわれることになっている」

　それを聞いて青年はうなずき、そういうものかなと思った。彼の心は幸福感でみちており、恐怖を感じたりする余裕はなかったのだ。そして、相手もまた敵意を発散する醜悪なものではなかった。

「なるほど。愛の妖精（ようせい）、キューピッドのようなものだな。ぼくたちの恋を祝福するために出現したのでしょう。そうにきまっている。すばらしいことなんですから。なにもかも、ぼくたちのために存在しているようなんですよ」

「まあ、そうだ。すべてはきみたちのために存在している。だが、祝福とはちょっとちがう。わたしがあらわれたのは、解説のためだ。祝福なんて一時的なものだが、解説は頭にきざみこまれ、あとあとまで残る」

「そういうものかもしれませんね。では、どう解説なさるんです。自分で言うのもなんですが、ぼくの性格がまじめだったことがよかったのでしょう」

　青年が聞くと、シアワセ怪獣であり、恋の解説者でもある相手は言った。

「それはもちろんだが、きみのつとめ先の会社が堅実だからでもある。きみがいくらまじめでも、倒産寸前のあやしげな社の社員だったら、女性は結婚する気にならなかっただろう」

「それはそうです」

「きみの会社は朝鮮動乱の時に大きな利益をあげ、資産内容を充実させた。それがよかった。そのおかげで、着実な経営となり、社会的な信用も高まったのだ」

「朝鮮動乱ね……」

青年はつぶやいた。彼の頭にはなにかで読んだ朝鮮動乱のイメージが浮かんだ。半島を舞台に、二つの国家群の軍隊が最新の兵器で殺しあった。そのとばっちりを受け、悲惨な目にあった数しれぬ住民たち。

それがいまのしあわせに関連しているのかと思うと、彼はちょっといやな気分になった。そこで、話題を変えようと、青年は頭をふってイメージを追い払いながら言った。

「ぼくたちの結婚、むかしだったら、家柄のちがいとかで、許されず実現しなかったものでしょうね」

青年の家庭はきわめて平凡。それにひきかえ、相手の女性の家は上流階級に属する。

戦前なら、成就しにくかったにちがいない。シアワセ怪獣はそれに答えた。

「解説不要だろうが、日本が民主化されたおかげだよ。敗戦のおかげだ。無条件降伏したおかげだ」

聞いているうちに、青年の頭には終戦の決定的な原因となった、原爆投下のイメージが浮かんできた。夏になると、テレビで見かける。二つの都市、原爆はそれを一瞬のうちに巨大な死の手で押しつぶしたのだ。ささやかな生活も、罪のない生命も、なにもかも蒸発してしまった。

「なんです。このしあわせは、原爆のおかげだというんですか」

不満げな青年に、シアワセ怪獣は言う。

「文句を言われても困るよ。これは事実と論理の問題で、好ききらいの問題とはちがうのだから。だが、原爆だけがしあわせの原因ではない。あの時に原爆が使われたのは、連合軍が神風特攻や南方の島での玉砕戦法に手を焼いたからだ。だから、さらにもう一歩掘りさげれば、そのおかげでもある」

青年の頭のイメージは、それらの光景へと移った。ためらいも反抗も許されず、爆装した戦闘機を操縦し、死の空へとかりたてられた純真な若者たちの姿だ。

また、海岸線の砂を血に染めて倒れたり、脱出するひまもなく船とともに海に沈む連合軍の兵士たち。

何万という人生が、そこで思いを残しながら無残にも切断されたのだ。青年は小さく叫んだ。

「そんなことは、ぼくたちと関係ない」

「どうして、そう言える。みな必然的につながっているじゃないか。それが原爆投下をうながしたのだ。もっとも、その原爆だって昔からあったのでもなければ、ぽんと出てきたものでもない。アメリカという国がなければ作れなかった。すなわち、ヨーロッパから新大陸に移民してきた連中が、原住民のインディアンを下等動物のごとくぶち殺し、アフリカから連れてきた黒人をリンチでおどかしながら、家畜のごとくこき使って文明を築いたおかげだ」

青年の思考のなかを、それらの映像が流れた。血のにおいがし、悲鳴がした。青年がだまっていると、シアワセ怪獣はさらに解説した。

「これらのことがなかったら、原爆は作られなかったろう。つまり、あのような終戦にはならず、いまのきみのしあわせは、いまの形では存在しなかった。これは断言してもいい」

「…………」

「だが、原爆のおかげばかりではない。そもそも敗戦するためには、その前に開戦がなければならない。大陸での戦いだ……」

青年は映画で見た、無抵抗な住民たちをひどく扱った日本軍のことを思い浮かべた。いいかげんにしてくれないか、と言おうとしたが、それは声にならなかった。シアワセ怪獣は話しつづける。

「それと、ナチス・ドイツの存在だ。ドイツがああ勢いよくなかったら、日本も大戦に突入する気にはならなかったろう。ヒットラーのおかげだ。きみの大恩人だ」

青年の頭の映写室では、またべつな画像が動きはじめた。ガス室へと送られるユダヤ人の長い長い列。独ソ不可侵条約。スターリン。夜中に家庭から秘密警察に連行され、裁判なしで粛清された人たち。ムッソリーニ……。

数しれぬ白骨。とめどない血の流れ。うらみのこもった涙の池。青年は胸がむかつき、気がめいり、ぼうぜんとした。

そばでは、シアワセ怪獣が解説をつづけている。第一次大戦、南北戦争、日露戦争、イギリスが巧妙に東洋を支配し、さらにさかのぼれば、ジンギスカンが死体の山を築きながらアジアからヨーロッパへなだれこみ……。

「きみのいまのしあわせは、すべてこれらのおかげなんだよ。ひとつでも欠けていたら、あの女性とは愛しあえる状態にならなかったろう。きみはしあわせだ……」

青年がなにか反論しようとわれにかえった時には、もはやその相手はいなくなっていた。

青年は自分の家に帰る。電話がかかってきた。出てみると、さっき別れた彼女が、きょうは楽しかったわ、と受話器のむこうでお礼の言葉をのべていた。

だが、青年は浮かない声で、わけのわからない応答をした。さっきの解説が頭に残り、イメージがうごめいているからだ。あまりに気のない返事をしたためだろう、彼女は怒って、電話を切ってしまった。恋にはもちろん終止符が打たれた。

その後、その青年はずっと独身のままでいる。彼の頭のなかで、条件反射ができてしまったからだ、しあわせという言葉と、死者の集団との連絡が。しあわせという言葉を言おうとしたり、耳にしたりすると、荒涼とした野の、白骨の山の上に立って抱きあう二人を連想してしまうのだ。いつも。

気の毒な青年。こんなふうにはなりたくないものだ。しかし、シアワセ怪獣は、しあわせで無我の境地になって口笛を吹かないと出てこないそうだ。まあ、現代には、そんな愛情などめったにない。外見は似ていても、内幕は打算と欲望によるものばかりだ。したがって、そう心配することもないといえるだろう。

違和感

医者のところへ、ひとりの男がやってきた。四十五歳ぐらい。自分自身を持てあましているような表情をしていた。また、少しだけ深刻そう、少しだけ悩ましげ、少しだけふしぎそうなようすでもあった。

「先生、なんとなく、おかしいんです」

「ありうることです。現代では、世の中も個人も、おかしいのが普通といった感じです。ですから、少しぐらいでしたら、くよくよしないことですな」

医者は本気でそう思っているのか、はげますつもりか、こともなげにそう言った。だが、男はなっとくしなかった。

「しかし、気にしはじめてしまったのです。いったん気にしはじめると、もう、きりがなく、とめどなく……」

「いったい、どんなふうなのですか」

「だれかにとりつかれてしまったようなのです。他人にのり移られたとでもいうべきか……」

「では、順序をたてておうかがいしましょう。病症をお聞きする前に、まず、あなたの職業を……」

と医者はメモを取る用意をし、男は少し考えてから言った。

「医師には患者の秘密を守る義務があるんでしたね。お話ししましょう。じつは、特殊な地位なのです。ミサイルの発射係。戦争開始の時、そんなことはまあないんでしょうが、絶無とも断言できない。それが防衛というものなのでしょう。その万一の時に、上からの命令によって、ミサイルのボタンを押す。その係なんです。どれくらい強力なミサイルで、どこへ飛んで行くのかは知らされていません。それは極秘事項のようです」

「それで生活なさってるわけですね」

「ええ。しかし、ほかの人にわたしの勤務中の心境はわからないでしょう。一日中、とくになにかをするわけでもないのですから……」

男は息をつき、医者はうなずいた。

「実感はできませんが、頭による理解はできますよ。退屈な退屈な時間のくりかえし。一方、いつ機会が来るかという緊張感。とほうもなく大きな責任。それに、まだある。

あなたはボタンを眺めながら想像するでしょう。これを押すと、その結果、どこでどんなことが起るのかと……」

「そうです。そのほかにも、もっともっと、いろんなことを考えますよ。なにしろ、ひまはいくらでもあるんです。はたから見るとのんきそうでしょうが、精神が疲れます」

「わかりますよ。つねに重苦しいものがかぶさっているような気分なのでしょう。心のすみで、なにもかも忘れたいと思いはじめる。それがしだいに大きくなる。どうしようもない現状とのずれを感じる。しかし、どうしようもない。できることなら、別人になってしまいたいと思う。それがさらに強くなり、自分は別人なのだとの観念が固定してくる……」

　医者の説明は論理的だった。しかし、男は首をかしげたまま言う。

「そういうのとは、ちょっとちがうのです。その逆というべきでしょうか。なにもかも忘れたいというのではない。むしろ、思い出したい感じなのです。いまの仕事、たしかに気疲れはしますが、そういやでもないんです。複雑なものじゃありませんからね。きょうの仕事を翌日に持ち越すこともない。第一、すばらしくいい給料ですよ。家庭では、妻子がわたしを大事にしてくれている」

「それならいいじゃありませんか」

「しかし、どうも変なのです。ずれがある。自分はもともとまったく別な人間なのだが、なにかにとりつかれて、いまの生活に入ってしまったような気がするのです」

「いつから、そんな気分に……」

「そこが、よく説明できないんです。なにしろ、事件らしいもののない、単調な毎日なのですから。思い出す手がかりがない。つい最近からのような、ずっと前からのような……」

「しかし、妻子がおありなんでしょう」

「そうなんです。わたしが内心をふと口にしたら、妻がそれを耳にし、ぜひ先生にみてもらえとすすめました。それでおうかがいしたのです」

「それなら、ずっと前から、いまの仕事をしているわけでしょう。あなたは、たいした症状じゃありません。雑念を押える薬をさしあげます。しばらくつづけておいでになれば、すぐ全快となりますよ」

「そうでしょうか……」

男は安心と不安、半分ずつぐらいの表情になった。

ちょうどその時、男の妻子がやってきて、医者の部屋へ顔を出した。妻が男に言う。

「なんだか心配なので、お迎えに来たのよ。あなたは大事なからだなんですもの」

いっしょに来た、二十歳ぐらいの娘が言った。

「おとうさん、ぐあいはどうなの」

二人にむかって、男は答える。

「先生のお話だと、たいしたことはないらしい。まもなくよくなるとか……」

医者が夫人に言った。

「そういったところです。しかし、こういうたぐいの症状は、当人だけではなおりにくい。周囲、とくに、家族のかたの親身な協力が必要です。そのことについて、奥さまにご注意したいことが……」

医者は男と娘とに別室で待つよう命じ、夫人と二人だけになった。それを待っていたかのように、夫人が言った。

「本当のところ、どうなんでしょう」

「なにもかも、うまくいきますよ」

「でも、あたし、心配で心配で。ご存知のように、高い給料のお仕事でしょう。それを失いたくないんですの」

「高給は当然ですよ。まじめに考えたら、精神的な苦痛の連続ですからね。ちょっと、なりてがない。いくらお金をもらっても、わたしにはミサイルのボタン係はつとまりそうにない」

「それが原因だったのですわ。わたしの夫が自殺したのも……」

彼女は言い、医者は目を伏せた。

「お気の毒なことでした」

「そのあと、その部門の上司が、かわりの人をみつけてきてくれました。つまり、いまの人。なりてのない、ボタン係。しかし、記憶喪失の、ちょうどいい年齢の男がいた……」

「それを連れてきて、暗示を与え、記憶をつめこみ、奥さまの前のご主人のあとがまに仕上げた。簡単でしたね。そう特殊な才能を必要とする地位ではありませんからな。そして、いまの環境に合わせてしまった。外部に対しては極秘の地位のため、この交代を知る者は、上司と、数人の同僚と、わたしぐらい。それに……」

「家族である、あたしと娘。あたしも娘も、絶対にしゃべったりはしませんわ。なにしろ、たくさんのお金をかせいでくれる、貴重な人なんですもの。しかし、本当に大丈夫なんでしょうね。自分は別人なんだと気づかれでもしたら……」

「ご心配はいりません。わたしの腕前をご信用ください。失われた記憶をとりもどさせるより、忘れさせたままにしておくほうが、はるかに容易です。また、できるだけのことをいたします。彼の上司とも、たえず連絡をとります。あとは、あなたが、ご家族の注意です。みなが協力すれば、ぶじに落ち着きますよ」

「そういけばいいんですけど……」

「うまくいきますよ。そもそも、この場合に限らず、世の亭主というものは、だれも大差ない。自分はいったいなんなのか、深く考えることなんかない。家庭や上司や同僚など、環境がいつのまにか作りあげてしまう、虚像のようなしろものなんですから」

悪の組織

その都市には、やっかいな犯罪組織が存在していた。麻薬の販売だの、脅迫だの、コールガール業だの、非合法のギャンブルだの、いやがらせだの、そんなたぐいをはば広くやり、税金も払わずに多額の金をもうけていた。

人びとには対抗のしようがなかった。そんなそぶりを示すと、傷つけられ、場合によっては命まで奪われかねない。だから、金を巻きあげられても、泣き寝入りしなければならなかった。

しかし、警察となると、手をこまねいていることは許されない立場にある。警察官である青年が上司に呼ばれた。

「なんでしょうか」

「じつは、例の犯罪組織のことなのだが」

「まったく、あれにはてこずりますね。下っぱを逮捕することはできても、組織についてのくわしいことは、よくわからない。巧妙なしくみになっているようですね」

「そこなのだ。強い規律によって支配されているとみていい。なまじっかなことでは、あの組織の息の根をとめることはできない」

「そうでしょうね」

「そこで、きみにたのみたいのだ。非常手段に訴えたい。もはや警察の面目といった問題ではない。あんな存在を許しておくと、善良な人たちの社会のためにならないのだ」

「その通りです」

「きみは優秀な警察官。前途有望。順調な昇進が保証されている……」

上司はほめ言葉を並べたが、いいにくそうな口調でだった。青年は聞く。

「早く本題に入ってください」

「組織の内部に、だれかを送り込まねばならぬとの結論に達したのだ。情報を得るためであり、組織をぐらつかせるためでもある。しかし、なにしろ手ごわい相手だ。警戒厳重だろう。容易なことでは潜入できない。すぐ警察のスパイと発覚し、消されてしまうだろう」

「どんな作戦があるのですか」

「小細工ではだめだ。本物の犯罪者をひとり作るのだ。そうでないと、相手も信用しないだろう。しかし、つらい仕事で、いやな役目だ。一生を棒にふらなければならない」

その極秘の提案を聞き、警察官の青年はしばらく考えてから、身を乗り出して言った。

「決心しました。やらせて下さい。ぼくはまだ独身ですし、両親もすでに死んでいます。周囲に気がねすることなく、犯罪者になれるというわけです。個人的な昇進より、社会の正義のほうを優先させます。では、さっそく具体的な打ち合せに移りましょう」

それがなされた。そのあと、二人は私服で夜の盛り場へ出かけ、怪しげなバーに入って酒を飲んだ。やがて、けんかをはじめる。

「このやろう」

「なんだと、上司にむかって」

なぐりあいがはじまる。青年は拳銃(けんじゅう)を出し、乱射した。相談の上での演出だが、真に迫っていた。青年は拳銃の名手で、上司の服に穴をあけ、かすり傷をおわせるということをやってのけた。しかし、弾丸をうちつくし、ついに上司に組み伏せられた。

翌日の新聞に、大きく報道される。警察官、上司にむかって発砲と。裁判になり、

有罪ときまる。ある期間、彼は刑務所で服役した。これで名実ともに前科者になれる。相手をあざむくには、これだけの手間と年月とを必要とする。それでうまくゆくとは限らないが、青年はそれに賭けたのだ。

やがて出所となる。青年はかつてのバーへと出かけた。

「いつかは迷惑をかけたな。やっと世の中へ出られたよ」

「どなたでしたっけ」

「酔って、けんかをし、拳銃をぶっぱなしたさわぎを忘れたかい」

「あ、あの時の……」

「警察には面白くないやつばかりがそろっている。がまんしつづけだったが、とうとうその感情を爆発させてしまった」

「わかりますよ。で、これからどんなお仕事を……」

「まともな会社では、どこもやとってくれない。危険人物あつかいだ。やけ酒でも飲まなくてはいられないというわけさ」

「いい心当りが、ないこともありませんよ」

とバーのマスターが言った。つぎに立ち寄ると、こう告げられた。

「このメモをあげます。その番地の家に行ってごらんなさい。なにか金になる仕事にありつけるかもしれませんよ」

「そりゃあ、ありがたい。金のためなら、なんだってするぜ」

まともな仕事でないことは、予想できた。青年はそこにやとわれ、働かされた。最初は簡単な連絡係、つぎには集金係。彼はそれを忠実にやった。上のほうでは、そんなことをやらせながら、青年をためし、過去を洗っているらしかった。

それに合格したのだろう。彼はしばらくして、もっと重要な役、すなわち麻薬の運搬係をまかされるようになった。警察の上司にだけは、ひそかに経過を報告しているので、つかまることはなかった。

しかし、対立するべつな犯罪組織の妨害は、自分の手で防がねばならなかった。それに関しても、みごとに能力を発揮した。動作は機敏であり、決して負けない。なにしろ、以前は優秀な警察官だったのだ。

青年は、さらにいい地位にのぼった。ようすもいくらかわかってきた。そして、警察で問題にしている組織に自分が入りこんだことを知った。上司に連絡をとる。

「中間報告をいたします」

「いや、そう急ぐことはない。あまりたびたび連絡をし、怪しまれでもしたら、せっかくの苦心がむだになる。また、警察の内部から情報のもれることもある。組織の全容をつかむまで、もっともらしく行動してくれ」

「しかし、対立する犯罪組織のボスを殺すよう、命じられたのです。それをやらないと、さらに上の地位に進めません」

「やっかいなことだな。うむ、よし。やってかまわない。わたしとして公的には言えないことだが、そいつは悪質なやつだ。証拠がつかめないので逮捕できずにいるが、社会にとって害こそあれ、益はない。殺してもいいぞ、一挙両得ともいえる。しかし、手ぎわよくやれよ」

「その点は心得てます」

青年はそれをやりとげた。組織内でのひとかどの人物になれた。ボスがだれかを知ることもできた。しかし、そいつを逮捕しても、だれかがあとをつぐことになる。組織とは、そういうものなのだ。もっと研究したほうがいい。

青年は、企業をおどして金を取る部門をまかされることになった。警察にいた時の知識で、うさんくさい会社は勘でわかる。子分を派遣し、指示した通りにしゃべらせ、金を出させる。収益をこれまでの倍に伸ばすことに成功した。その実力は、だれもがみとめた。

冷静に観察をつづけ、青年はボスの失脚工作にとりかかった。組織に関係のない、ボスの個人的な悪事をさぐり、警察へ密告した。ボスは逮捕され、青年はあとがまにすわることができた。

すわりごこちのいい椅子(いす)だった。どんなぜいたくもでき、美女はよりどりみどり、金まわりはよく、子分たちは忠実だ。いままで忍耐してきたかいがあったというものだ。

青年は満足だった。もっとも、子分のなかには、ボスの座をねらいたがるのもある。しかし、彼の拳銃の腕を知っているので、公然とは手むかえない。警察へ密告した者もあったが、それは上司がにぎりつぶしてくれた。

夜、その上司から、彼のところへ電話がかかってきた。

「ボスの地位についたそうだな」

「はい、おかげさまで」

「そろそろ、くわしい報告をしてくれ。ぶっつぶす段階に移りたいのだ」

「おことわりします。わざわざ刑務所にまで入って、やっと手に入れた地位です。ここで楽しまなくては……」

「その心境はわかるよ。では、少し待とう。どれくらい待てばいいか」

「わたしの生きている限りです。こんな面白い毎日はありませんものね」

「おいおい、約束がちがうぞ。ただではすまないことになる」

「わたしを逮捕なさろうにも、証拠は手に入らないはずですよ。逮捕されても、なにもしゃべらない。また、わたしを警察のスパイだと公表しようとするのも、よくありませんよ。警察は卑劣だという印象を社会に与える」

「すると、ずっとその犯罪組織を支配しつづけるつもりか。ああ、とんでもないことになってしまった。おまえを見そこなっていた。わたしは後悔しつづけることになる」

電話のむこうで悲鳴をあげる上司を、青年はなだめた。

「そう悲しまないで下さい。わたしとしても、社会につくす心に変りはありません」

「どこから、そんな言いわけが出る」

「いいですか、対立するほかの犯罪組織は、全部ぶっつぶした。それだけ、社会がよくなったというわけです」

「言いのがれだ」

「そうではありませんよ。浜の真砂(まさご)はつきるとも、犯罪者となる素質の人間の出現はつきないのです。それが、みなわたしの監督下に入っているわけです」

「だからどうだというのだ」

「統制がはずれると、各人がもっと無茶な悪事をやりかねない。また、悪を完全に無にすることは不可能。適当に存在させておかなければならない。悪ありてこそ、善が意識されるのです。かりに悪が一掃できたとしてみましょう。緊張のない社会となる。警察はその存在価値を失い、あなたがたは失業となる」

「もっとわかりやすく説明してくれ」

「悪人になるほか生きようのない人間もいるのです。そんなのには、ほどよい程度の悪事をやらせます。そのあと、へまをするようにしむけます。そこをそちらが逮捕するわけですよ。不自然でなく刑務所に隔離できる。うまくやって下さいよ。ぐるとわかったら、仕事がやりにくくなる」

「しかし、不正をみとめることは……」

「世の中には、法的に手のつけようのない、悪質な企業があるのです。税務署の目をのがれている会社から、脱税に相当するぶんを、わたしがかわって取り立てているわけですよ。また、凶悪なことをやりかねない人間、あくどい政治家、そんなのをえらんで麻薬中毒にし、廃人にしているのです。警察の補助機関と思って下さい」

　しばらくの沈黙のあと、上司は言った。

「そういうことになるかもしれんな。まあ、しっかりやってくれ」

「おっしゃるまでもありません。こんなやりがいのある仕事はない。共存共栄でやりましょう。警察のほうも、がんばって下さいよ」

青年は電話を切り、美食、美酒、美女の待つ豪華な部屋へと戻っていった。

追われる男

その男は会社の仕事で出張し、あるホテルにとまっていた。そして、ベッドの上で眠っている時、神の声を聞いた。どうしてとか、なぜとか、そんな理屈抜きで、神の声と直感したのだ。

「おまえにテレポートの能力をさずける」

夢のなかで男は質問した。

「それは、どういう能力のことですか」

「行きたいと思うところを念じれば、すぐそこへ移動できるのだ」

「どんなところへでもですか」

「そうだ」

「ありがとうございます。もし本当なら」

そこで目がさめた。しかし、いまの声は鮮明に頭のなかに残っている。現実感がある。ただの夢にすぎないかどうかは、やってみればわかる。だめで、もともと。彼は普通の男性ならすぐ考えるにちがいないことを、まず念じた。

〈男と女とが、ひそかに楽しんでいるところをのぞきたいものだ。そんな場所へ……〉

そのとたん、彼はそこにいた。どこかの旅館の屋根裏だった。天井板のすきまから見ると、一対の男女がキスをしている。

これからというわけだな。面白いぞ。のぞかれているとも知らないで。いったい、どんな間柄の男女だろう。彼は目をこらす。

「や、なんということ……」

思わずつぶやいた。息のとまる思い。女は彼の妻だった。亭主の出張した留守をいいことに、浮気をしていたというわけだった。その現場を目撃してしまったのだ。

〈くそ、もとへ戻ろう〉

たちまちのうちに、彼はホテルのベッドの上に戻った。あんな女とは知らなかった。彼は妻の行動に腹を立て、つぎに、少しも気づかないでいた自分のひとのよさに腹を立てた。やけ酒だ。カバンからウイスキーの小びんを出して飲み、酔って眠ってしまった。

朝になり、目がさめる。彼は夜中の出来事を、悪夢のように思い出した。おれが熱心に働いているというのに、妻は浮気とくる。いやな時代だ。もっと、すがすがしく、合理的で、清潔な未来の社会で生活したいものだ。時間を越えるテレポートはできるものだろうか。男はそれを念じてみた。

一瞬のうちに彼は未来に出現した。輝くような色彩の、整然としたビルの並んだ街だった。人びとは、銀色のぴっちりした服を身につけていた。そして、男も女も、みな頭に毛がなかった。しかし、スタイルがよく、だれも気品のある顔だちだった。それが流行なのか、遺伝因子を変化させた人体改良の結果なのかはわからないが。

そこに彼が出現したのだ。周囲から視線が集中した。頭髪がばさばさ、パジャマ姿。原始人かチンパンジーを見るのと同じ、あざけりの目つきばかりだった。

いたたまれなくなって、近くのビルに入ろうとした。しかし、透明ななにかにぶつかって入れない。ほかの人はと観察すると、入口のそばのいくつかのボタンを器用に操作して入ってゆく。彼もそれをいじってみた。だが、どう押したものかわからない。そのうちサイレンが鳴りだした。押しまちがえたせいだろう。笑い声のようなサイレンの音。

逃げようとして歩道をはなれて、彼はひっくりかえった。そこは動く歩道で、しかもかなりの高速だったのだ。その乗り方になれていないので、こんな醜態をさらすことになった。

〈とてもだめだ。もとへ戻ろう〉

男はふたたび現代へ戻った。汗びっしょり。恥ずかしさのためだった。未来は住みにくいところだ。あそこでは、おれはサルあつかいされる。

服を着かえてから、男は考える。今度はどこへ行ったものだろう。そうだ。過去がいいのではないだろうか。そこでなら、いまと逆に、おれがいばれるというものだ。

〈むかしへ行きたい〉

その通りになった。松並木のある街道。むこうから武士がやってきた。男は聞いた。

「こんにちは。いまはいつごろですか」

「わけのわからないことを言うやつだな。第一、その変なかっこうはなんだ。武士にむかって、なれなれしい態度をとるなど、許せない。この無礼者……」

刀が抜かれた。男はふるえあがる。

〈もとへ戻りたい〉

今度も冷汗でびっしょりだった。もう一瞬おそかったら、切り殺されていただろう。あんな危険な時代とは思わなかった。常識が通用しない。もう、過去はこりごりだ。移動は現在に限るようだ。

〈文明に毒されていない、静かな地方へ行って暮したい〉

いまや男は、妻のいる自宅へ帰る気をなくしていた。また、会社の仕事など、どうでもよくなっていた。こんな便利な能力が身にそなわったのだ。働くことなんかない。好きなように生きるのだ。

そこはみどりの林のなかだった。上からは強い太陽の光がふりそそいでいる。かおりの高い花、小鳥の声。こうでなくちゃいけない。

「これこそ大自然だ……」

そう叫んで一呼吸したとたん、男はとっつかまってしまった。木の上から飛びおりてきたやつに、しばりあげられたのだ。みまわすと何人もいた。顔に毒々しい色をぬりたくった、はだかの連中。ここはどこかの奥地であり、やつらは原住民らしい。

彼はかつぎあげられ、荷物のごとく運ばれた。なにかの犠牲にされるらしい。どうやら、森の王者、大きなヘビのえさに供されてしまうようだ。逃げようにも、しばられて身動きができない。

いささかあわてたが、すぐに気づく。念じればいいのだ。

〈もとへ戻りたい〉

そして、ほっとする。やれやれ、あやうくヘビに食われるところだった。やはりおれには、現代社会が適当のようだ。よく考え、現実的な享楽を味わうのが賢明だろう。

男は念じ、ある銀行の金庫室のなかに出現した。手の切れるような新しい札束の山、それをつかんでポケットに入れる。見ると、そばに外国の高額紙幣もあった。ついでだ、これもいただいておこう。ポケットを一杯にし、もとへ戻った。

その日、夕方から夜にかけて、彼はしたいほうだいのことをした。成金ならだれでもすることを。なにしろ、金はあるのだ。あるにまかせ、外国の紙幣までばらまいた。なくなれば、また取りに行けばいい。

しかし、一夜あけると、事態は一変していた。きのうの紙幣は本物でなかったのだ。警察が押収した偽造紙幣、その保管を銀行に委託してあったというわけだった。外国紙幣も、やはりにせもの。

そうと知らなかった彼は、いい気になって使ってしまった。顔もおぼえられた。たちまちモンタージュ写真が作られ、新聞にのった。ついに警察に追われる立場になってしまった。警察ばかりでなく、一般の人も、彼を見たらすぐ通報するだろう。こうなると、遊びまわるわけにもいかない。ひどいことになった。ほとぼりのさめるまで……。

〈外国の大きなホテルに行きたい〉

念じると、それは実現した。大きなホテルのなかの会議室だった。見まわすと、あまり人相のよくないやつばかりがそろっている。やつらも彼を見た。そして、言った。

「見なれないやつが来たぞ。われわれの相談を聞いたにちがいない。生かしておくと、ためにならない……」

拳銃がむけられた。どうやら犯罪組織の大物たちが集って、なにか秘密の打ち合せをしていたところらしい。とんでもないところへ出現してしまった。彼は青くなった。

男は念じ、ホテルのそとへ出た。警察らしい建物を見つけてかけこむ。

「助けて下さい。あの、おそろしい連中に殺されてしまう」

「まあ、落ち着いて事情を……」

警察官は彼の顔を見て、うなずいて言う。

「……そういえば、どこかで見たような。そうだ。にせ札つかいということで、国際警察から手配写真がまわってきていたが……」

すでに、その手配がなされていた。不運なことに、特徴のある顔なのだ。留置場にほうりこまれた。

その気になれば、念じることでそとへ出られる。しかし、そとも安全ではない。犯罪組織が彼をさがしまわっている。そのたぐいの殺し屋にねらわれたら、世界中どこにも逃げ場がないことを、彼はなにかで読んで知っていた。

といって、ずっと留置場や刑務所で暮すのもたまらない。

〈南の海の、小さな島へ行きたい。こうなると、平穏に暮せるのは、そんなところぐらいだろう〉

そこはたしかに、気候のいい南の小さな島だった。しかし、彼にとって決していい状態とはいえなかった。某国がそこを秘密兵器の実験場にしていたのだ。監視員たちに見つかってしまう。

「や、変なやつが潜入したぞ。どこかの国のスパイにちがいない。逮捕しろ」

銃がむけられ、写真がとられた。

〈このままでは殺される。どこか人のいないところ、そう、氷山の上へでも……〉

ひとまず考える時間を必要とした。海にただよう氷山の上。すべり落ちそうになるのを注意しながら、彼は考えた。さて、これからどこへ行ったものだろう。

そのあてがなかった。警察から手配されているのだ。国内ばかりでなく、国際的にも。また、大きな犯罪組織の殺し屋たちにもねらわれている。見つけられたとたん、弾丸をくらうだろう。そのうえ、こんどはスパイのレッテルをはりつけられた。あの国の情報部は全力をあげて、追及の網をはりめぐらすだろう。そして、見つかったら最後……。

たえず逃げつづけなければならないし、一分たりとも気をゆるめることができない。眠ることさえできない。つまり、安住の地はどこにもないのだ。

氷のつめたさが、からだに伝わってくる。このままだと、こごえ死ぬ。しかし、どこへ行けばいいというのだ。なにも思いつかない。どこへ行っても、死が待ちかまえている。やけぎみになり、彼は念じた。

〈こうなったら、天国しか行き場はない〉

おだやかな場所だった。心のやすらぎをおぼえる。追われ殺されるという恐怖も、すっかり消えている。

声がした。

「ようこそ、お待ちしていました」

いつか眠りのなかで聞いた、あの声だった。神さまだ。男は言う。

「あなたは、いつかの……」

「そうだよ。ちょっとしたサービスだ」

「なにがサービスです。さんざんな目にあわされた。あんな能力など、ないほうがよかった」

「おまえの寿命は、あとわずかだった。心臓の発作で、まもなく死ぬ運命にあった。しかし、それではあまりに気の毒。そこで、現世につくづくいや気をおこし、自分から進んでここへ来るよう、ああいうおぜん立てをしたというわけなのだ」

あとがき

イラストレーターの真鍋博（まなべひろし）さんとは、長いつきあいである。商業誌に書くようになって何作目かからだ。雑誌に発表した多くの作品に絵をつけていただいた。それについで多いのは和田誠さんで、あとはぐっとへる。

昭和五十八年の秋、私のショートショートが一〇〇一編になった時、そのひと区切りにと、真鍋さんのイラスト集を新潮文庫の一冊にまとめた。『真鍋博のプラネタリウム』がそれで、副題が「星新一の插絵（さしえ）たち」だ。

どれも個性的で、ユニークで、さまざまなくふうがある。個人的にはなつかしい思いもある。

しかし、絵だけではと、その作品の発端部分を、そばに引用した。さらに、それだけではものたりない人もあるのではとの意見もあり、全文を収録したのもいくつかある。本書『夜のかくれんぼ』のなかの作品と重複するのは、つぎの五作である。

「はじめての例」「いやな笑い」「追われる男」「幸運の未来」「夢のような星」

というわけで、すでにそちらをお買いになったかたは、本書でまたお読みいただくことになり、申しわけない気持ちです。以上の事情、ご理解ください。また、イラストにご関心があり、まだのかたは、そちらの本もごらん下さい。結末に意外性のある小説のイラストは、ふつう考える以上にむずかしいものなのです。参考になりましょう。

昭和六十年十月

解　説

鏡　明

星さんという人は、不思議な人で、突然、「最近、アメリカのSFで面白い短篇、ありますか?」などと、お尋ねになる。私としては、大先輩にそういうことを聞かれると、柄にもなく、あせって、「ないです」などと答えてしまう。

「あ、やっぱり、ないんですか」

それが、実にそのがっかりしてしまってくれるのだ。こちらは、何となくお天気の話に近いニュアンスだと思っていたのに、何だかすごく悪いことをしてしまったような気分になって、その夜は、面白い短篇を探さなければ、と、ペーパーバックの山やら雑誌の山をひっくり返しはじめる。いや、もちろん、一晩だけのことですけれどもね。

「もしも」という言葉がある。

これが実にSFにとっては便利な言葉で、昔のSFは、ほとんどが「もしも」というコンセプトからスタートしていた。もしも、第三次世界大戦が始まったら、もしも第二次世界大戦で日本が勝っていたら、もしも世の中から女性が消えたら、もしもUFOが着陸したら、もしも他人の考えがわかったら、もしも「もしも」がなかったら、SFなんてなかったのかもしれない。

ところが星新一という作家の作品には、この「もしも」ものが、異常に少ないように思う。千篇もの作品すべてを読みなおしたわけではないから、断言はできないけれども、この「もしも」が少ないということは、星新一という作家の重要な特徴ではないか。

もしも、星さんがいなかったら、日本のSFはどうなっていたか。たぶん、すでに、何人もの人たちが、同じようなことを書いているだろうが、たとえばショートショートというものの位置付けが変っているだろうし、何よりも読者の数が、なかなか増えなかっただろう。「もしも」というコンセプトから生まれてくる結果は、だいたい、この程度のオーソドックスなものにしかならない。

星新一という作家の作品について、ショートショートのお手本というような見方をする人々は、少なくない。短かくて、オチのあるストーリー。ショートショートについての一般的な認識は、そんなものだろう。

この作家の初期の作品は、いつも見事なオチがついていた。その意味では、お手本だ。けれども、私は、星新一という作家にも、お手本にしているものがあると思っていた。具体的に言うと、フレドリック・ブラウンやロバート・シェクリイというアメリカのショートショート作家たちだ。別に何の理由もない。SFは、アメリカが本場なのだという先入観があったのだろう。星新一訳『フレドリック・ブラウン傑作集』の訳者あとがきを読むまで、星新一という作家の前には、ブラウンやシェクリイがいるのだと無意識に思っていたのだ。

そして、この作家自身が、ブラウンと自分の作品は、作風がちがう、ショートショートという名前は、自分が書き出した後になって出てきたのだというようなことを、訳者あとがきで書いていた。これは相当にショックだった。一つは、星新一という作家がアメリカSFとは異なった形でスタートしていたことと、もう一つは、ブラウンたちとは作風がちがうということ。恥をさらすことになるが、星新一という作家は、アイディア・ストーリーの作家ではないということに、ようやく気がついたのだ。

アイディア・ストーリーというのは、どういうものかというと、たとえば、世界で一番短かいショートショートというものがある。

　タイトルは「なぜブースはリンカーンを撃たなかったか」。で、そのあとには何も書いてない。空白があるだけ。ずっとこんな具合に。

「　　　　　　　　　　　　　　　　　　　　」

　星さんは、新しいものにおそろしく敏感なところがある。自分でわからないものに対しては、普通なら、拒否する側に回るのだが、星さんの場合、積極的に肯定していくような気がしている。読者からの応募による「ショートショートの広場」というコンテストの選評を読んでいると、そのあたりのことが実によくわかる。評価の基準は、そこに新しいものが含まれているか、それだけのようにさえ思えるのだ。

　新井素子（もとこ）という作家を、発見したのも、星さんだけれども、彼女の新しさに気がついたのは星さん一人だったように記憶している。新井素子は、すでに廃刊になった「奇想天外」の新人コンテストの出身だ。そのときの応募作の下読みに、私もつきあっていた。私の分担の中には新井素子は入っていなかったが、たとえ入っていたとしても、現在の新井素子という作家を正しく発見していたか、どうか、自信はない。応募作の段階で、彼女はすでに文体を持っていたのだということを、発見できたか、どうか、やっぱり自信はないね。

　さきほどの世界で一番短かいショートショート。空白がストーリーであるかという点については問題がある。けれども、空白が物語を語るというアイディアは、認めざるを得ない。逆に言えば、そのアイディア以外、何もない。

　星新一という作家について言えば、この種の作品は皆無だ。そして地口オチという作品もない。駄ジャレは使わない。ということは、アメリカのショートショートがよく使うオチの方法の一つを捨ててしまっているわけだ。それどころか、途中から、オチというものそのものを捨てはじめた。シェクリイあたりも、六十年代の終りから七十年代にかけて、ニュー・ウェーヴの影響を受けて、オチを放棄した作品を書いていたが、ほとんど失敗している。ところが、星新一という作家は、ショートショートという形式を形造っている重要なファクターを、ほとんど消し去って、それでも傑作を書いている。この『夜のかくれんぼ』の中にも、オチのない作品が、幾つか含まれている。

　こうしてみると、星新一という作家は、オーソドックスな作家なのか、ショートショートのお手本のような作品を書く作家なのか、そういう評判は、かなりちがっているように思える。

私はショートショートが苦手だ。読むのではない、書くのが苦手なのだ。苦手なんてものではない、五枚とか十枚という枚数を聞いた途端、完全に思考が停止してしまう。どこかに根本的な欠陥があるのだろうが、十枚のものを書くとなれば、半年、時間をもらっても仕上げる自信は、ない。

ショートショートに対する世の中一般の認識は軽すぎる、星さんは、しばしばそう語るけれども、一本のショートショートと一本の短篇や中篇、もしかしたら長篇も、長さという物理的なこと以外は、同じなのかもしれない。つまり、ワン・アイディアで書けるようなショートショートでなければ、まず重要なのは小説であることなのだし、常に前とちがったものを提供し続けなければならないということなのだ。

星さんが書いた千篇を超えるショートショートは、常に新しいものを、常に前に進んだものを書くことの結果だと思える。そして、何よりも恐ろしいのは、過去の作品が現在でも充分以上に素晴らしいことだ。ベストのものを書きながら、別の形のベストを生み出し続けたことになる。

星新一という作家を考えると、一番似つかわしくない形容が、実は一番適切なのではないか、そう思えてくる。オーソドックスであるよりは、前衛的なのだ。前衛という言葉は、どうも一人よがりというイメージに近付いてしまうが、そういう意味ではなく、常に前にいるという意味で、前衛的であるように思える。星新一という作家の作品には、文体というパターンはあるが、内容的なパターンは、ない。素材をはめこむことによって完成するようなパターンで、千篇以上もの作品を生み出したのではない。

私が、アメリカSFの短篇に、面白いものがない、そう答えたときの星さんのがっかりさ加減は、たぶん、新しいものに出会えなかったからだろう。そう思う。

今、『夜のかくれんぼ』というこの短篇集が、新人作家の名前で出てごらんなさい。凄(すさ)まじい評判になる。星新一という作家であれば当然と受けとられるかもしれないが、ここにおさめられている作品は、やはり常に新しいものでありうるものばかりなのだ。読者諸氏の健闘を祈る。

(昭和六十年九月、作家)

この作品は昭和四十九年五月新潮社より刊行された。

星新一著
ボッコちゃん

ユニークな発想、スマートなユーモア、シャープな諷刺にあふれる小宇宙！　日本ＳＦのパイオニアの自選ショート・ショート50編。

星新一著
ようこそ地球さん

人類の未来に待ちぶせる悲喜劇を、卓抜な着想で描いたショート・ショート42編。現代メカニズムの清涼剤ともいうべき大人の寓話。

星新一著
気まぐれ指数

ビックリ箱作りのアイディアマン、黒田一郎の企てた奇想天外な完全犯罪とは？　傑出したギャグと警句をもりこんだ長編コメディー。

星新一著
ほら男爵現代の冒険

〝ほら男爵〟の異名を祖先にもつミュンヒハウゼン男爵の冒険。懐かしい童話の世界に、現代人の夢と願望を託した楽しい現代の寓話。

星新一著
ボンボンと悪夢

ふしぎな魔力をもった椅子……。平和な地球に出現した黄金色の物体……。宇宙に、未来に、現代に描かれるショート・ショート36編。

星新一著
悪魔のいる天国

ふとした気まぐれで人間を残酷な運命に突きおとす〝悪魔〟の存在を、卓抜なアイディアと透明な文体で描き出すショート・ショート集。

おのぞみの結末　星新一著

超現代にあっても、退屈な日々にあきたりず、次々と新しい冒険を求める人間……。その滑稽で愛すべき姿をスマートに描き出す11編。

マイ国家　星新一著

マイホームを"マイ国家"として独立宣言。狂気か？　犯罪か？　一見平和な現代社会にひそむ恐怖を、超現実的な視線でとらえた31編。

妖精配給会社　星新一著

ほかの星から流れ着いた〈妖精〉は従順で謙虚、ペットとしてたちまち普及した。しかし、今や……サスペンスあふれる表題作など35編。

宇宙のあいさつ　星新一著

植民地獲得に地球からやって来た宇宙船が占領した惑星は気候温暖、食糧豊富、保養地として申し分なかったが……。表題作等35編。

午後の恐竜　星新一著

現代社会に突然巨大な恐竜の群れが出現した。蜃気楼か？　集団幻覚か？　それとも立体テレビの放映か？——表題作など11編を収録。

白い服の男　星新一著

横領、強盗、殺人、こんな犯罪は一般の警察に任せておけ。わが特殊警察の任務はただ、世界の平和を守ること。しかしそのためには？

星新一著
妄想銀行
人間の妄想を取り扱うエフ博士の妄想銀行は大繁盛！　しかし博士は、彼を思う女からとった妄想を、自分の愛する女性にと……32編。

星新一著
ブランコのむこうで
ある日学校の帰り道、もうひとりのぼくに会った。鏡のむこうから出てきたようなぼくとそっくりの顔！　少年の愉快で不思議な冒険。

星新一著
人民は弱し　官吏は強し
明治末、合理精神を学んでアメリカから帰った星一（はじめ）は製薬会社を興した――官僚組織と闘い敗れた父の姿を愛情こめて描く。

星新一著
明治・父・アメリカ
夢を抱き野心に燃えて、単身アメリカに渡り、貪欲に異国の新しい文明を吸収して星製薬を創業――父一の、若き日の記録。感動の評伝。

星新一著
おせっかいな神々
神さまはおせっかい！　金もうけの夢を叶えてくれた〝笑い顔の神〟の正体は？　スマートなユーモアあふれるショート・ショート集。

星新一著
にぎやかな部屋
詐欺師、強盗、人間にとりついた霊魂たち――人間界と別次元が交錯する軽妙なコメディー。現代の人間の本質をあぶりだす異色作。

盗賊会社
星新一著

表題作をはじめ、斬新かつ奇抜なアイデアで現代管理社会を鋭く、しかもユーモラスに風刺する36編のショートショートを収録する。

ノックの音が
星新一著

サスペンスからコメディーまで、「ノックの音」から始まる様々な事件。意外性あふれるアイデアで描くショートショート15編を収録。

おみそれ社会
星新一著

二号は一見本妻風、模範警官がギャング……。ひと皮むくと、なにがでてくるかわからない複雑な現代社会を鋭く描く表題作など全11編。

たくさんのタブー
星新一著

幽霊にささやかれ自分が自分でなくなってあの世とこの世がつながった。日常生活の背後にひそむ異次元に誘うショートショート20編。

なりそこない王子
星新一著

おとぎ話の主人公総出演の表題作をはじめ、現実と非現実のはざまの世界でくりひろげられる不思議なショートショート12編を収録。

どこかの事件
星新一著

他人に信じてもらえない不思議な事件はいつもどこかで起きている——日常を超えた非現実的現実世界を描いたショートショート21編。

星新一著

安全のカード

青年が買ったのは、なんと絶対的な安全を保障するという不思議なカードだった……。悪夢とロマンの交錯する16のショートショート。

星新一著

ご依頼の件

だれか殺したい人はいませんか？　ご依頼はこの本が引き受けます。心にひそむ願望をユーモアと諷刺で描くショートショート40編。

星新一著

ありふれた手法

かくされた能力を引き出すための計画。それはよくある、ありふれたものだったが……。ユニークな発想が縦横無尽にかけめぐる30編。

星新一著

凶夢など30

昼間出会った新婚夫婦が殺しあう夢を見た老人。そして一年後、老人はまた同じ夢を……。夢想と幻想の交錯する、夢のプリズム30編。

星新一著

どんぐり民話館

民話、神話、SF、ミステリー等の語り口で、さまざまな人生の喜怒哀楽をみせてくれる31編。ショートショート一〇〇一編記念の作品集。

星新一著

これからの出来事

想像のなかでしかスリルを味わえない絶対に安全な生活はいかがですか？　痛烈な風刺で未来社会を描いたショートショート21編。

星新一著
つねならぬ話
天地の創造、人類の創世など語りつがれてきた物語が奇抜な着想で生まれ変わる！　幻想的で奇妙な味わいの52編のワンダーランド。

星新一著
明治の人物誌
野口英世、伊藤博文、エジソン、後藤新平等、父・星一と親交のあった明治の人物たちの航跡を辿り、父の生涯を描きだす異色の伝記。

星新一著
天国からの道
単行本未収録作品を集めた没後の作品集を再編集。デビュー前の処女作「狐のためいき」、1001編到達後の「担当員」など21編を収録。

星新一著
ふしぎな夢
『ブランコのむこうで』の次にはこれを読みましょう！　同じような味わいのショートショート「ふしぎな夢」など初期の11編を収録。

最相葉月著
絶対音感
小学館ノンフィクション大賞受賞
それは天才音楽家に必須の能力なのか？　音楽を志す誰もが欲しがるその能力の謎を探り、音楽の本質に迫るノンフィクション。

最相葉月著
星新一（上・下）
―一〇〇一話をつくった人―
大佛次郎賞・講談社ノンフィクション賞受賞
大企業の御曹司として生まれた少年は、いかにして今なお愛される作家となったのか。知られざる実像を浮かび上がらせる評伝。

筒井康隆著　**笑うな**

タイム・マシンを発明して、直前に起った出来事を眺める「笑うな」など、ユニークな発想とブラックユーモアのショート・ショート集。

筒井康隆著　**富豪刑事**

キャデラックを乗り廻し、最高のハバナの葉巻をくわえた富豪刑事こと、神戸大助が難事件を解決してゆく。金を湯水のように使って。

筒井康隆著　**夢の木坂分岐点**

谷崎潤一郎賞受賞

サラリーマンか作家か？　夢と虚構と現実を自在に流転し、一人の人間に与えられた、ありうべき幾つもの生を重層的に描いた話題作。

筒井康隆著　**旅のラゴス**

集団転移、壁抜けなど不思議な体験を繰り返し、二度も奴隷の身に落とされながら、生涯をかけて旅を続ける男・ラゴスの目的は何か？

筒井康隆著　**パプリカ**

ヒロインは他人の夢に侵入できる夢探偵パプリカ。究極の精神医療マシンの争奪戦は夢と現実の境界を壊し、世界は未体験ゾーンに！

筒井康隆著　**家族八景**

テレパシーをもって、目の前の人の心を全て読みとってしまう七瀬が、お手伝いさんとして入り込む家庭の茶の間の虚偽を抉り出す。

夜(よる)のかくれんぼ

新潮文庫　ほ－4－34

昭和六十年十月二十五日　発行
平成二十四年七月十五日　四十一刷改版
平成二十七年一月二十日　四十三刷

著者　星(ほし)　新(しん)一(いち)
発行者　佐藤隆信
発行所　株式会社　新潮社
郵便番号　一六二―八七一一
東京都新宿区矢来町七一
電話　編集部(〇三)三二六六―五四四〇
読者係(〇三)三二六六―五一一一
http://www.shinchosha.co.jp

価格はカバーに表示してあります。

乱丁・落丁本は、ご面倒ですが小社読者係宛ご送付ください。送料小社負担にてお取替えいたします。

印刷・株式会社光邦　製本・憲専堂製本株式会社

ISBN978-4-10-109834-0 C0193